遇见最美灵石

第二届山西诗人看灵石诗歌集

王俊才 主编

山西出版传媒集团 北岳文艺出版社
BEIYUE LITERATURE & ART PUBLISHING HOUSE
·太原·

图书在版编目（CIP）数据

遇见最美灵石：第二届山西诗人看灵石诗歌集 / 王俊才主编．—太原：北岳文艺出版社，2018.5
ISBN 978-7-5378-5605-8

Ⅰ．①遇… Ⅱ．①王… Ⅲ．①诗集—中国—当代 Ⅳ．①I227

中国版本图书馆 CIP 数据核字（2018）第 086790 号

书　　名：遇见最美灵石——第二届山西诗人看灵石诗歌集
主　　编：王俊才
责任编辑：李建华
书籍设计：张永文
印装监制：巩　璠

出版发行：山西出版传媒集团·北岳文艺出版社
地　　址：山西省太原市并州南路 57 号
邮　　编：030012
电　　话：0351-5628696（发行部）
　　　　　0351-5628688（总编室）
传　　真：0351-5628680
网　　址：http://www.bywy.com
E - mail：bywycbs@163.com
经 销 商：新华书店
印刷装订：山西万佳印业有限公司

开　　本：710mm×1020mm　1/16
字　　数：220 千字
印　　张：17.75
版　　次：2018 年 5 月第 1 版
印　　次：2021 年 1 月山西第 2 次印刷
书　　号：ISBN 978-7-5378-5605-8
定　　价：48.00 元

编 委 会

序 言

杨根俊

当我怀着一颗虔诚之心拜读完二百余首“讲品位”“讲格调”的优秀诗作时，内心充满了一种说不出的激动和感动。

灵石注定是一个与诗有缘的地方。建县一千四百余年来，李商隐、于谦、孔尚任、傅山、何绍基等名人大家先后莅临灵石，或路过，或小居，或长住，并留下许多精美诗篇。唐代大诗人李商隐在《寒食行次冷泉驿》一诗中有云：“介山当驿秀，汾水绕关斜。”好山好水，跃然纸上。

诗人有福。灵石，让每一位诗人诗情勃发，妙笔生花。

灵石有福。诗人，为这块人间宝地写下这么多美好的诗篇。

党的十九大刚刚胜利召开，踏着岁月的足迹，我们走进了伟大的新时代。“要坚定文化自信，推动社会主义文化繁荣兴盛。”“文化兴国运兴，文化强民族强。”习总书记的报告既是指引，也是嘱托，更是期望。让我们倍感责任重大，使命光荣。

近年来，灵石县的经济社会各项事业健康有序发展，经济运行企稳向好、结构调整不断深入、城乡环境持续改善、改革创新统筹推进、民生保障更加有力、政府自身建设全面加强。与此同时，灵石县依托丰富的历史文化资源和自然旅游资源，以建设“经济强、百姓富、生态美、民风好”的幸福灵石为目标，大力发展文化事业和文化产业，充分调动民营企业家的积极性，投资文化旅游项目。目前，灵石县已对外开放的旅游景点有王家大院、资寿寺、介林、石膏山、红崖峡谷、森林公园等十余处；正在建设的有静升古镇王家大院5A景区、石膏山二期、红崖峡谷二期、金山森林休闲度假区、三清寨等旅游项目。如今石膏山、红崖大峡谷、崇宁堡已声名鹊起、游客盈门。文化旅游产业已真正成为增强县域经济活力的支柱性产业，灵石的大旅游格局初步形成。

山，有诗则名；水，有诗则灵。一个没有诗歌的城市一定是一个没有灵性的城市。“山西诗人看灵石”活动已经举办了两届，我们还会推陈出新地举办下去。努力将这一诗歌活动品牌真正做大、做强，成为山西，乃至全国的一张耀眼的文化名片。让更多的文人墨客走近灵石，感受灵石，遇见最美的灵石。

（作者系灵石县委常委、宣传部长）

目 录

石膏山诗草（组诗）

◆ 毕福堂

牛角鞍的小草

我在这太岳之巅的牛角鞍
又看见这不分种族　无有疆界
随遇而安的一群
我是草民　看见你们就高兴
如同我在内蒙古　新疆
青藏高原看见的　你们
高处也生　低处也长
一条叶脉　便是自家路
尘世地盘最小的拥有者
全部的江山社稷
就那么窄窄的一条
不快时　咱沉默不语
高兴时　就摇一摇
往大说　是宇宙的神经
照小讲　不过地球的皮毛
小草　小草
体小　窝小　胃口小
越小越好　小到极致
就成空无了

谁能一仰千年

这是介子推纪念园
依山而建　后人到此
需一步一步　弓身仰望
方能拾阶而上
他在历史上端
以整座红崖的雕像　厚待我
一如当年厚待他的君王

他本身就是一个大厚的人

“割股奉君”
隐居“不言禄”
一块肉　成就了一代晋国江山
古往今来　大团大团的肉多了去了
最后　哪怕薄成一页典籍的
能有几人

我不由摸摸自己的肥臀

台　阶

人不可能一直上台阶
像此刻　我在石膏山
想到将要登上峰巅
那里有世人最向往的景色
劲头立马就牵不住了

像小马驹噌噌往上蹿　到达山顶
一览众山小的旷世愉悦
风光一回过后　沿着原路
要下台阶了
整个人像泄了气的皮球
腿也打颤　步子也无精打采
仿佛两旁的野花小草
也不正眼一看了
夕阳西下　天色已晚
归巢的鸟雀见缝就钻
仿佛曾经一身漂亮的羽毛
也黯淡无光了

太岳之巅　一只狐狸

耳听为虚　眼见为实
尘世里　多少固有的印象谬误太多
比如这次　尽管只是匆匆一瞥
我就感到　以往那些惯常的字眼
妖精　祸水　勾引　骚货
似乎和你并不沾边

那是太岳之巅的牛角鞍
一队采风的诗人　与你狭路相逢
我们人多势众　你势单力薄
一袭纯白的皮毛　竟有
一双秋水荡漾的眼睛　似乎
还有怜悯　温善　当然
含情脉脉不适宜你　因为

这与典籍里的凶险　狡诈　反差太大

我不知道
你是修行了五百年的那只呢
还是从蒲松龄线装书中逃出的那只呢
我甚至不知道　这次
能否称作相见　或是偶遇
抑或邂逅

毕福堂　中国作家协会会员、中国散文诗学会会员、山西省作家协会会员、山西省青年作家协会副主席。曾在天安门国旗班站岗，后转业回地方。曾在山西电视台、山西省文联《火花》编辑部工作，其间到基层挂职县委副书记锻炼。现任山西省文联《当代诗人》主编、《九州诗文》杂志社主编。先后在《诗刊》《星星》《绿风》《人民文学》《人民日报》《诗选刊》《萌芽》等报刊发表作品五百余首（篇）。部分作品被全国十余家出版社选编、刊登。出版过个人专著《摇篮梦》等三部。《世界名人录》《中国新诗大辞典》《中国当代诗人代表作》《中国当代青年作家名典》等先后载文对其创作业绩进行了介绍。先后四次参加世界华人诗歌研讨会及华文诗学名家国际论坛研讨会。

攀登石膏山（组诗）

◆ 白恩杰

太阳这 0 型的血
在石膏山狭窄缝隙里流淌
山路上我翻阅时光
草木摇曳，依旧茂盛
兴奋的情绪从骨子里高涨
攀登石膏山
是心里的一个梦想
这种年龄，这种坚强，这种意志
奖励我的是路边的山核桃
嫉妒我的是草丛里的蚊虫
一路追踪一路叮咬
那只有去死
虽然拍打脸有点自残
获胜中还是表露出欢喜
台阶送我到山顶
时光也匆匆

石膏山，橡子树，果实

沿着石阶
把自己抬高
橡子树掉落快慢的音符

有鸟欢快的歌
熟透的果实
是石膏山最美的秋
果实随意敲打你一下
迅速往山下跑
眼神开始追踪
接着又是一个，又是一个
乱了视线
这种不间断的掉落
有种前仆后继，死而后已的精神
还有一种惊心动魄

石膏山印象

秋风摘落果实
抛下山底
眼神搁浅在石膏山的风景
一排云雾踏风而来
林子里有了欢快的歌
拨动一群人的心房
解说员嘴里的传说
很难再让这群人
走出记忆

夜入石膏山

夏日里的风转了方向
石膏山下带来了凉爽的睡意
我看到，分明看到

一群拾捡景色的人
在度假村里
修剪枕边的诗语
眼睑被难以入睡的灯光支撑着
夜是一根甜甜的甘蔗
被一行行的文字咀嚼
我收听着远方的牵挂
在这里
我知道啥也别想
收藏起所有的翅膀
纵容文学思想的涌动
让温柔的夜浸入心底
让游离的诗句
聚集在浓郁的记忆里
灯与影、情与怀
相互拥在夜晚的天际

白恩杰 笔名白洁，伊斯兰后裔。中国诗歌学会会员，中国民族学会会员，中国网络诗歌协会理事。中国散文作协委员。《蒙古文学》《现代新文学》《新诗天地》顾问。山西作家协会会员。现任《九州诗文》编委，《潇河》执行主编，《天涯诗刊》主编。在《诗刊》《知音》《星星》《西北军事文学》《黄河》《北京文学》发表诗歌两千多首，获2014年山西十佳诗人奖和全国多种诗歌奖。一百多首诗歌分别收录于《世界现当代金典诗选》《当代精英诗歌三百家》《新时期少数民族文学作品集》《2016年中国诗歌年选》等书中。

灵石记

◆ 敕勒川

广场的一隅，一块
巨大的石头停在那里，黑亮，坚硬，深沉
似乎已经深深地扎下了根
用手敲一敲，就会有遥远的声音传来
仿佛一座小城，神秘
而又不屈不挠的心跳
又仿佛
是谁在飘渺的光阴里
将我低低地呼唤

细细回想——
一路走过的地方：介林、资寿寺
石膏山、王家大院、红崖大峡谷……
山里遇到的一只白狐，天空中
一只不动声色的大鸟，以及
一个名叫王俊才的诗人……
所有这些，一定是这块石头
发出的回声
所有这些，组成了一座小城的灵魂
和光芒

而我，只是一粒流浪人间的尘埃

只想挨着这块石头
静静地安睡，直到天空中的故乡
返回我的身体，直到一块石头的秘密
过继到我的灵魂里——

仿佛一块石头的沉默，只是为了见证这尘世的喧嚣
仿佛除去沉默，这世界再无真正的声音

敕勒川　原名王建军，1967年出生。中国作家协会会员，内蒙古作家协会副主席，现居内蒙古呼和浩特市。著有诗集《细微的热爱》。

在红崖沟与虞美人花相遇

◆ 陈 瑞

在红崖沟的山路边
我幸运地遇到了虞美人花
我感叹，我惊讶
两千年，美人花，
你咋样流落到这里？
你看到了红崖沟的幽静安宁吗？

我欣慰，颠簸一生
命丧黄泉的美人
没有死亡，
灵魂不死，生命永存
不死的灵魂
漂泊无定
从公元前到公元后
从乌江到太岳
从南方到北方
来到了红崖沟
这已经是 2017 年

这里有闲庭散步的白狐
我们问：
她会是你的前世今生吗

生如夏花，逝如冷月

这里有漂亮鸟儿
尽情地歌唱
她们是你不死的歌喉
苍山如海，残阳如血

这里有每天太阳月亮
按时的交班接班
她们是你不死的愿望吧
传递安宁，播种美满

这里有春天夏天秋天冬天
四季轮回生生不息
纯朴的山民
日出而作日入而息

虞美人，唤回不死的霸王吧
刀枪入库马放南山
脱卸战袍成为平民
来此种花养草
人间烟火，心上天堂

陈瑞 1955年3月生，中共党员，山西省榆社县人。曾先后任晋中文联办公室副主任、组联部主任、《乡土文学》副主编、晋中市文联副主席，晋中市政协文史委主任。2010年1月至2012年9月以文联党务负责人身份主持文联工作。

现为山西省作协诗歌工委晋中分工委主任，山西省晋中诗歌协会会长。出版诗集《不到黄河》《生命如斯》《陈瑞诗歌精选》，散文集《长天数云录》，传记文学《大美苍松——社会主义实干家李锁寿》。

在石膏山喝茶（组诗）

◆ 陈小素

悬于山腰的茶舍
垂立而下的崖
一只舍身的鸟
被放下的执念 ……

那云雾笼罩下的人间真的是我的来路？

那个上午，秋阳照着洞里的众生
也照着洞外的寺庙
一群逃亡一样的人，那些浸着汗水的脸
多么疲累而潦草

有那么一会，依着一面石墙
倦怠，迷离、仿佛就要睡着了
透过木质屏风的间隙
我看着他们在光影中慢饮
闲适的样子让时间倒退了几十年
他们轻如蝶翼，面如琥珀
清澈得像刚刚被泉水洗过
没有一个是来时的模样

在博物馆里看一只锛

一只锛睡在博物馆的柜子里
泥石与瓦砾吻过的锋芒和倔强
如今都沉默不语
它垦出田地奉养五谷
它筑出石块砌成骨骼
我是它养育过的孩子
它凿出的渠道流淌成精血
它擦亮的时光填满了我的诗……
如今，作为遗迹
一只锛沉睡在博物馆的柜子里
一束倾斜下来的光照着它的锈迹
也照着参差的缺口
英雄末路哦，隔着一块玻璃
我看见比死亡更沉的寂灭
比锈蚀更缓慢的毒
看见了被时间堵上的眼，和嘴巴。

狐

我们谁是谁的化身？
依着我的手，你一只脚踏着这人间
一只脚踩着身后的山林

活在传唱里的精灵
隐身在书里就是一截红袖
是挑灯伴卷的良人

落身于荒野就是一缕轻薄的魂魄

你雪色的皮毛，那个染白我诗歌的夜
我们谁又是最悲伤的那朵？

那些饥寒你替我受着
那些孤寂我替你忍着

当风吹起，更大的苍凉漫过
这个被叫作狐的女子
背负着往事，和你一样
紧咬着唇齿间的怨恨
在清霜里越走越远。

天竺寺外仰望天空

我望天，望云
望流水……

望一匹丝绸拖着绝望的蓝
望一册经卷上拂过白色的幡影……

我望着她的满
也望着她的空

我望着一架陡峭的梯子上
那深深的忏悔！

陈小素　女，原名陈素云，山西长子人。中国作家协会会员。作品入选多种选本。获过一些诗歌奖项。著有诗集《素诗》，现居长子。

看灵石（组诗）

◆ 崔万福

在王家大院

没有走进大院，就开始脸红心跳
因为院门两侧的红灯
已经挂起
围墙里有大房小屋
它们安静、自在　在阳光下坐落
要把细节省略，如果
没有说出的部分，就让它藏进灵石街头
那一块石头中
谁也没有想到，连王家的后人也没有想到
一块豆腐，一声叫卖
让白云翻了一下身，印出大院窗户上
皱纹深处的花瓣，青砖蓝瓦
像院主人坦荡荡的人心
与往事交谈，如此激动，如此沉默
那阵温暖，被时间的运河一次一次拉回
撞击着来者的心灵

天竺寺

看了天竺寺，就不用
再去看七寺八阁九座庵
在一片静谧庄严的佛陀世界
红墙里藏着尘埃
用看不见的高度来丈量人间
出世与入世，不知多少人会明白
在暮晚夕照中，自己的影子其实就是
自己的寺院
并在一朵莲花的座盘上口吐楞严
让花朵闪出金光
诵经声中，叫醒门前的落叶

在介林

在灵石，又看到介子推，这样
我成了他塑像边一个唱蓝调的人
仿佛在那场火光弥漫中，心怀悲悯
来不及了，百鸟和众生不见踪影
火势冲入云霄，被烤熟的母亲
仍然在一块石头上用微笑鼓励后人爬上更高的陡坡
人们把火把熄灭
徘徊不去的蝴蝶，携着佛龛进入森林
使人间的烟火又开始接受施舍
安静地走，安静地逗留
在一棵弓身树上的花纹深处
我已经披带了一身孝道与纯白

资寿寺

我突然看到，资寿寺院里
佛的相貌都不一样
并非是从海外归回的那一批
有人在它们面前膜拜躬身
抬头看见的字句是：生也了
死也了，仿佛一个人走进一条长长的深巷
在暮晚时分，看雀鸟归林
而资寿寺，面朝夕阳，在渐黑的边缘
将自己擦亮
露出里面的佛头、佛身、佛脚
清风一阵，消化了人间无数悲伤

崔万福 笔名苍莽、生命，1968年出生，山西省朔州市人。中国诗歌学会会员，山西省作家协会会员，朔州市朔城区作家协会副主席兼秘书长。现为《新诗刊》杂志主编。在全国各地报刊发表诗歌、散文多篇。出版散文集《生命的跋涉》，诗集《新诗汇》《春耕酒》《暮晚》《足音》等。

又近红崖

◆ 曹 霞

多可欣啊，做了回人间的幸运儿
和许多诗人一起，漫步红崖

仿佛每一个脚步都藏着诗意
每一位诗人都刚从诗歌的国度
踏香而来，周身是蝶或者光芒

你们专心留意这山间的一事一物
我留意这山间的一事一物，还有你们
和不同的人，走同样的景

两岸的青山，巍峨，挺拔
那就是诗歌一直寻找的风骨吧
山顶的牛角鞍召唤最明亮的蓝天
便是诗歌的高远和辽阔
山间的水，绝不平凡地流动
是那难以捕捉的诗歌的灵动
这山间所有的草木营造着的
就是诗歌的意境吧

你瞧，那一片片的树叶也在写诗
最早的黄叶最先寻找秋天

最早的红叶最先捧出一颗丹心
所有的绿叶都在扇动诗歌的翅膀
红花想必也不甘落后

这人间所有的精灵啊
都像这世间最优秀的诗人

曹霞　女，笔名蓝翎儿，灵石县南关一中教师。灵石作家协会会员，晋中市诗歌协会会员。作品散见于“天石星月”“灵石教科”“据德游艺”“文化晋中”“榆次后沟”“大天涯文学社”“红门书院”“一时一课”等各大网络平台。“诗乃心画”，与诗歌亲近，写出心底的热爱。

天外来客（外二首）

◆ 付海平

端坐一个地方
无惊，无喜，也无忧
听人说
——你是天外来客
我怀着一颗好奇之心
慢慢向你靠近
生怕我这个凡尘肉身之躯
打搅了你的宁静
可还是情不自禁抬起手
轻轻地抚摸了你
你的身体里百分之九十铁的元素
铸就了其声铮铮
……
还是听人说，你是神石
用手摸一下会带来好运
我怀着虔诚之心
第二次抬手
用心抚摸了你
请原谅我的凡尘俗心
此刻，我的心中只有一个简单的念头
——祈福，为家人，也为自己
神石，神石

——保佑家人平安，健康，无忧
神石，神石……

奔跑的滑道

滑道蜿蜒曲折
从山的最高处一直延伸到山的最低处
像穿行在山脉里的一列奔跑的火车
像穿行在草叶上的蚯蚓
更像行走在人生的路上
有高处不胜寒
有中途崎岖不平
有低处悲欢离合
更多的还是滑行中的刺激和快乐
……
我享受着滑道带给我的开心
起飞和降落
让我找到儿时的感觉
起风了，我们一起
奔跑

祈　福

拾阶而上
古老的砖墙砌成古老的传说
随风摇曳的祈福带
周身仿佛披上了火红的盛装
心灵在山的高处
洗涤我一颗凡尘的灵魂

小我之人
在神的面前
渺小如一粒尘土
独有的心事
化作名字留在
石膏山的
——佛音里
——福带上

付海平 女，山西原平人。中国诗歌学会会员，山西晋中诗歌协会会员。作品散见《诗潮》《阳光》《现代青年》《西部散文选刊》《黄河》《都市》《作家在线》《三晋都市报》等杂志报纸。

灵　石（组诗）

◆　关海山

王家大院

踏进这座奢华的堡门
就踏进了一个　众多
条条框框的社会
走进这个错综复杂的院落
就走进了一个　家族
起起落落的秘史

拾阶而入
一个人内心深处的得意
次第打开
窑洞瓦房巧妙连缀
亭堂楼阁交相穿插
垂花门　月洞门
龙鳞走道　贝叶匾额
开与合之间玄机重重
藏与露背后奥妙多多
抚摸着大院的每一面墙壁
我读得懂深嵌其间的
密密麻麻的暗语

王家大院不是一座院
王家大院是一架砖瓦砌就的
历史望远镜

介 林

来到介林　只为
向一个人表白内心里的敬仰
或者说
来到介林　只为
面对那一座暧昧的坟茔
让自己肆意地流泪

所有的建筑都是铺垫
所有的花草都过于矫情
几百级台阶直刺山头
那也只是徒然的摆设
道生一　一生二　二生三
老子的深奥哲理在这里
轻如鸿毛

割股流出的血还在
介林上空的滚滚浓烟还在
那段被大火烧焦了的柳木
还在

红崖峡谷遇狐

在这里看见你　我

并不奇怪
林深　草茂
泉水自山上缓缓地流下
白云在头顶悠闲地飘过
南瓜马车旁若无人
滚动着空荡荡的车厢
从山下爬到山上　又
从山上滑到山下

所有的过程都是铺垫
那水云间的回音呢
那千层崖上的幻影呢
那林秀溪里的回眸一笑呢
还有
那渗透着诱惑的红桦林
一闪即逝的绿椴树

脚步是迷茫的
心跳是凌乱的
你只需随意走过
红崖峡谷便布满了你
闪烁的踪迹

我知道
你是穿越千年而来的精灵
我却不是　那
进京赶考的书生

灵 石

始终没有见到那块石头
心中的遗憾便
疯长成各种想象

想象那块石头的颜色
赤橙黄绿　流光溢彩
每一种颜色都有一种象征
每一种颜色都有一种意义
颜色在夜里发光
点亮街道
颜色在白天幻化成路标
给人以指引

想象那块石头的形状
方长菱锥　至美至丑
每一种形状都有一种寓意
每一种形状都有一种暗示
变化着的形状
演示着变化着的生活
不同样的形状　框定着人们
不同样的思维

想象那块石头的质地
钒钛锰镍　硅磷硫硼
每一种质地都有一种
特异功能

每一种质地都有一种
出人意料
可以铺路　可以盖楼
可以用来填海
可以拿去补天

一块始终没有见到的
石头　成了我心中
无所不能的
英雄

关海山　运城市盐湖区人。现供职于《山西日报》，为中国作家协会会员、三晋文化研究会会员、山西省作家协会首届签约文学评论家。已在全国各大报刊发表作品二百万字，多次获奖。作品曾被《新华文摘》等选刊转载，已出版散文集《站在桥上》，文艺批评集《捅破那层窗户纸》等。获2004—2006年度“赵树理文学奖·文学新人奖”。

灵石行（组诗）

◆ 葛 平

登石膏山小记

我为自己以名取山的无知
而倍感羞愧
并被石膏山的险峻
狠狠地教训了一回
恐高症随着攀援的铁索登峰造极
曾经的优雅在拾级而上中节节败退

我似乎听见山间林涛的呼啸：
累死自以为是的诗人！

我知道自己不配与林涛云海共舞
更不配将脸贴近山花共展笑容
我只在悬崖边揪下一根绿绿的草茎
将飞扬的长发牢牢扎紧

牛角鞍下

不是风雨阻挡了脚步

更不是 2566.6 米海拔的震慑
是时间让我懂得了取舍
生活赐予我淡定

当大部队前呼后拥
冒着风雨向牛角鞍冲刺时
我安静地坐在大巴里
与膝关节炎达成
——和解

红崖峡谷遇烟雨

为看红叶而来
偏遇一场烟雨
“满山红叶似彩霞”
只能在老歌里灿烂了

其实，看没看到红叶没有关系
看红叶的初衷暖着冷雨打湿的身体
值得庆幸的是
红崖峡谷以她自然的美示人
没再被拙劣的故事大煞了风景

王家大院——瞎想

1994 年春，我第一次来
那时的大院，不姓王，姓众
面对满院的颓败，书塾门框清冷的瘦竹
饱满且浅薄的我

拾一根麦秸做了金步摇
不等月如钩，便独上绣楼
矫情得鸡飞猫窜

1998年夏再来，院归王姓
大红灯笼照耀若市门庭
再往后，曾多次随波逐流而来
木雕，石雕，砖雕依旧缄默
石阶被各种鞋子擦出幽亮
只有那半掩着的猫门独具慧眼
明察了——
我的衰老，大院的还童

此刻，2017年深秋
麻布素衣的我再来
用旧了的身体
正从容依着做旧的木质月亮门
看夕阳透过木雕镂空处
打捞着鱼贯而入的人群……

葛平 女，中国作家协会会员，中国煤矿作协理事，晋中作协副主席。作品先后发表于《诗刊》《人民文学》《星星》《诗神》《绿风》《诗歌月刊》《北京文学》《山西文学》《黄河》《阳光》以及台湾《世界论坛报》《秋水》《葡萄园》等多家报刊。曾获第四届、第五届全国煤矿文学“乌金奖”“首届山西诗歌大赛奖”“晋中文学奖”等多种奖项。

神仙石膏山（外二首）

◆ 高巧玲

依旧是从缆车升起
不说半空俯瞰心形碧湖的婷美
闭眼云层中湖水荡漾鱼虾承欢
仅是雾气仙女般妖娆
爬上悬崖峭壁的迷离
足以诱惑神仙和龙王入住

不管以什么样的名义
一次又一次来这里与神灵相碰
都是上帝旨意和命运安排
日复一日红尘激流中
粗糙的身体掩护体面的灵魂
跟着半山腰的枫叶开始羞涩

含在眼神里不舍的缘
即将映红整座山的情

王家大院叩拜

恕不知自己其实也是王家后代
多少次带着王家人来这里叩拜
是堡，又似城

同时隐含“龙”的造型
这似乎就是与龙马精神不解的缘

从低到高左右对称
一个很规整的“王”字造型
就如祖先的告诫
——做人做事都要规整
一点都马虎不得……

是的，还没来得及相认
时间便睁开了眼睛
是的，当年绣楼上的姑娘
不言不语一袭红衣
惊起天边一道曙光

红崖峡谷，藏起一段流水奔跑

这一次竟然上到“牛角鞍”
这个晋中海拔最高的地方
尽管没有看到传说中的白狐

但松林中的一只黑狐
也算是奢侈地看到了奢侈
让我忘记身体疼痛
偷偷把爱情谷的一段流水藏起

在大片草地上使劲奔跑
向着有风吹来的方向
这样似乎更接近神话

高巧玲 女，笔名梅香寒林，祖籍邯郸。平遥青年文学协会副主席，山西省作家协会会员，中国诗歌学会会员，《中国诗歌报》临屏诗主编，《关东文学》同题诗主编。2012 年召开诗歌创作座谈会，2017 年参加鲁迅文学院山西高级研修班，出版诗集《咖啡小屋》。16 岁写的诗歌《我不想做梦》入选“西安西部之光”优秀作品，并应邀参加首届商州鹤城贾平凹研讨会。

钟　泉（外一首）

◆　隔窗观雨

钟，应该挂在庙宇
被晨起的僧人，一次次敲出画外音
钟，应该高居庙堂
伴着鼓乐和风声，打开一片洪亮

一口钟，降落于泉水
一定懂得了拿起与放下的哲学
放下和放弃，不是绝对值

比如把一匹马，从疆场拿开
放进草原。把一个影子
从激流里拿开。草原里就有了无数个影子

听不到钟泉的钟声
是因为你听不懂沉默者的腹语
就像看不见，钟泉掀起大波澜
其实它的内部，已收起又按下
无数次大海的呼吸

石膏山的石人

刚刚输入石膏山三个字

百度地图就提醒我
输入一个去字就可以加入地名
就可以把一个微缩的山脉
用一个手指点开，再合拢

我没有在清晨五点就去惊醒一个沉睡的名字
只是打开一张好友发来的图片
放大山脉和流水
寻找一个古老的涵洞
聆听无声中的佛声

其实去与不去都一样
每一个禅意的云朵背后
一定会隐藏着手捻佛珠的神仙
无论你打翻月亮还是撕碎桃花
都不会惊动一位决定
沉睡的石人

隔窗观雨　女，河北保定市人。太阳谷诗社会员，2013年入驻执手论坛，担任现代诗歌版版主，在执手杯网络征文大赛中荣获三等奖。近年有作品入选《执手期刊》《荷花淀》等刊物。在现代诗歌领域尚处在探索阶段。

灵石行（三首）

◆ 郭忠辉

重访秦晋古道

原来一条道以两头命名，自古皆然

雀鼠谷天堑险峻，一线锁喉
古官道草蛇灰线，险象环生
古道与河谷执手而行，纵论古今

由秦到晋，一颗能征惯战的头颅就此收场
从并州到长安，另一位英雄乱世中成就帝业
风声里仍可听迁客骚人临风嗟悼
古道旁还得见残阳孤旅身影行踪

这路上有太多人物事件，风霜雪雨
隐没在荒草丛中，有太多未知驱使我前行
在这个如约而至的日子里回到远古
一条道可以走到黑，再走到白
走过几千年，然后加上我的脚印

一条道，作别岁月堆叠的繁华
走向春天的荒凉

过韩侯岭

每一次经过这个地方都使我惊心动魄

一位战无不胜的将军
在此沉默了两千多年
虽然说江山万代，光武复汉
一路突破的何止十面埋伏
可大汉四百年基业终遭曹魏暗渡

仿佛都是一场谋略。包括安葬的方式
一口大铁锅盛着一颗头颅，多么合于想象
十万大军凯旋，在山头架锅起灶
先煮数卷兵法，再煮楚汉相争，登坛拜将
最后却是鸟尽弓藏，兔死狗烹
当然，烟气氤氲中
还煮出了胯下之辱，成败萧相

言莫虚妄。此刻眼前最能确定的
却是这座高踞于原上的荒坟
从未卸下他的孤傲

题荡荡岭

老村已被掏空，仿佛只有这样
才对得起这个空荡荡的村名
颓然倒地的院墙和敞开心扉的房门
不再保守任何秘密，它们只有一个目的

为了使这个曾经鸡鸣狗跳的村庄
更快地融入荒野。道旁一截枯死的老树
如同一声沉重的叹息。漆黑的树桩
令人疑窦丛生：这里曾被一场大火席卷
庆幸的是，古道尚有迹可循
那座伫立在村口的关帝庙，还在独守
最后一截时光

郭忠辉 汉族，1972年生，山西晋中人。中华诗词学会会员，山西省作家协会会员，山西省散文家协会会员。作品散见于《中华辞赋》《黄河》《都市》《当代诗人》《九州诗文》《乡土文学》《山西市场导报》《太原晚报》《晋中日报》等报纸杂志。有作品入选《2011山西中青年作家作品精选》，并获第三届晋中文学奖。出版有中短篇小说集《被黑夜灼伤的眼睛》。

博物馆：行走的历史（外一首）

◆ 郭树林

用实物书写的历史
往往比文字拼凑的故事更可靠
因为，这里的每一件物品
都隐藏着千万年的记忆
无论是那根象牙还是鸵鸟蛋
它们的生命，至今
仍在以另外的一种方式延续
一群陌生的造访者
试图以他们的方式，破译你
裹着沧桑的躯体，而你
却用无声的语言，隔着时空
向他们传递……

资寿寺：千年古刹

当十八颗头颅
带着身首异处的疼痛
漂洋过海时，你经历的
究竟是一次
涅槃后的重生
还是一次漫无目的的旅行

夕阳下的你
将落日的余晖
轻轻吸进腹中
当一颗颗虔诚的心靠近你时
你用千年的梵音
普度着，每一位到访的
芸芸众生

郭树林 笔名疾风，灵石县司法局工作。晋中市作家协会会员。业余时间创作诗歌、散文多篇。部分作品在《新诗刊》《山西工人报》《山西法制报》《山西市场导报》《晋中日报》《汾河》等报纸杂志刊载。

再临石膏山（外二首）

◆　郭　香

再临石膏山

没有酒也可临风
让人醉的原本就不是杯中之物
不积跬步也可至千里
从山底到山顶
醒来仿佛似梦

老干又出的新枝
是新朋又加的旧友
那枯荣的野草像一个人历过的劫
那新开的花绝不是去年的那朵
脚和脚碰撞的刹那
羞红了半山的叶子

南天门外睡佛半闭着眼
别来无恙
我攥紧了自己

以火的名义发誓

没有一个火种
不想带来温暖
没有一个火苗
不想有燎原之势
可我真的不想和所有肉身接触
那吱吱作响的声音　那毛发散出的味道
哪怕有煽风点火的理由
哪怕烧出一个清明
都不是钻木取火的初衷
就用寒食来成全一个君王的忏悔
就用忏悔来昭告一个人的忠孝

在红崖峡谷经历爱情

踩着你的脚印走过爱情谷
这是不是代表我们一起来过
跟着你的影子穿过林秀溪
那顺势而下的溪水里有没有你留下的片言只语
远远陪你看过一只白狐
会不会有一个关于爱情的故事
收回手的那一刻
我缩回自己
有些东西不属于我
在太岳制高点
坐了那么久

我开始懂得一块石头的孤独

郭香　女，1980年生，山西晋中灵石人。晋中作家协会会员，晋中诗歌协会会员，灵石作家协会副秘书长。

为民，要像这堡院坐得住青山（组诗）

◆ 耿红丽

介　林

一直向后走，
越靠近山越心安。
这黄金满身的太阳，仰天向秋色而不愧，
俯听庭前草木的气息，而温和。
步阶而上，每三级停一下，可追想成尊之事，
一级台阶，一箪忠，
一级台阶，一豆孝，
一级台阶，杀身可成仁。
当年介子推避烈火而求生的石头，
淬过千年的风雨，
锻过九重的雷电，
仍举着一骨头的坚硬和去不掉的棱角分明。
靠着山躺下的墓，能让活着的人落在巨大的安静中，只听秋风。

王家大院

凝瑞、视履是两块匾额，
一个位东，一个位南，

一个引主入，一个随主出。
为民，要像这堡院坐得住青山，
为商，要有放之四海而皆准的实，
为官，要像祁寯藻写下的“矩”字多一点。
这些都是在走路，在看脚下，在行得端，
在出门视履。
这样才得以封侯、得黄马褂、得千叟宴，
得以凝瑞。

红崖沟

它纵横两千米以上，
成群的红桦树，扇动着火烈鸟的翅膀，
辽阔的草甸，也掏出凌云之志，
向牛角鞍而生。
这太岳山系的最高峰上，
仿佛一切都试图飞翔，
你看看，雨落着落着就羽化成雪了，
像飞舞着的蝶。

资寿寺

庙宇不大，十八罗汉坐听人间疾苦。
他们表情各异，把凡人怀揣的鬼胎显在十八张脸上，
笑成狂，哭成疯，
不由让朝拜者心惊，
罗汉终归是罗汉，有悟心之术，
凡人庸碌，喜怒不形于色，
放不下，舍不得。

十八罗汉果然为尊者，
你不拜不行。

石膏山

南天门须洞穿，有成仙之快，
白衣大士须膜拜，有大悟之觉，
铁佛寺须静坐，有佛法无边。
从晨至昏，你从石阶向峰巅而行，
你不想说话，怕出诳语，
恐惊天上人。

耿红丽　女，70 后，民盟盟员。晋中市作家协会会员，灵石作家协会理事，灵石县第九届政协委员。诗文发表于《山西日报》《黄河》《山西法制报》等。

石膏山行

◆ 韩玉光

赋诗归来，高蹈独善。

——南朝宋·颜延年《陶征士诔》

1

苦瓜和尚说
搜遍奇峰打草稿。
一年过去了，重来石膏山，我似乎有话要说。
人世间
未来的终究会来，未去的终究会去。
万物活在来去之间
像一根又一根腼腆的白发。
有太多的人
来过这里，荒草一样，时间也无法做到斩草除根。
有太多的鸟飞临山中
归隐
寻隐，是对一座山的两种看法。
我与石膏山，如同李白与敬亭山。
有一分高
就有一分寒，人间的温暖
历来千金不换，从山脚下望石膏山
仿佛看见一个人的青云之志

不可无
不可弃
不可灭。

2

我不来，一座山
永远叫作空山，流水是空的，草木是空的，浮云是空的。
鸟鸣，也是空的，听燕子唤过春天，听鸿雁唤过秋天
今天，唤我的，是高飞的众鸟。
且听我应答如下——
空，并非一无所有
天空就藏着无数暗暗发光的星辰
空谷里就活着独善其身的幽兰。

3

半生过去，我遇见过很多山，有名的，无名的
都像是水落石出的真理
久久吸引着我。
还有三座高峰
不同于智利人聂鲁达写下的马楚比楚高峰那座废墟。
他们是——
老聃
庄周
列御寇。
在时间的顶峰上，端坐着虚无的持灯者。
一个人活了两千年
就会高出浮世，化为险峰。

有上山的人，如我。
有下山的人，如我。
有闻山而动的人，如我；有见山而静的人，如我。
此山非彼山，如同此岸非彼岸
一个诗人
搜尽寒霜当火炉，煮酒，有醉翁之意。
煮海
让虚度的时光重见天日。

4

一个人
应该有两个故乡：高处与远方。
一个人有两次冒险
或生，或死。
我试着回答岁月无法解决的谜题，我甚至可以像竺道生一样
让顽石学会点头。
唯有风中才会生出劲草
唯有一个叫西南贾的村子
才会让我出生，1970年是何年，6月是何月，21日是何日？
唯有借来石膏山
我才敢俯视王家大院：像一座蜂巢
酿蜜的人已经走了
送信的人正在出生。

5

一定有雪
落在我所没有到过的峰顶。
只身进白衣洞，需要先到钟泉洗耳。
“为什么是白衣
不是青衣，不是皂衣”
“为什么，不是锦衣归乡”
懂了远去的流水，就懂了万物的法度。
一定要离开源头吗
一定要归于大海吗？
一个净字，省去的那一滴水
是泪水，还是露水？
无须去争高争低，那只是一座山的
首尾而已，将高低连起来
就有了一条蜿蜒的山路。
一个诗人与光线同行的一生
从来不会孤单。

6

坐在石膏山草甸上
谈美，会美不胜收；谈善，会从善如流。
不能不信，是荒草
让山峰有了野火烧不尽的高度。
来到这儿的
还有一个红衣喇嘛
他走到哪儿，哪儿就多出一座寂静的寺庙。

我问他
群峰之上是什么？
他回答：高。
高，原来可以被说的如此简洁。
远在哪儿？
他没有回答，将双手放在绝无旁骛的心上。

7

月亮这枚勋章，已无数次颁给了石膏山。
听两小儿辩月，为什么
月缺时有人流泪
为什么，月圆时也有人流泪。
我躲在乾龙观里，我真的回答不了
他们天真的天问。
一个年过不惑的男人，喜欢上了郑板桥的竹子
透过寒风苦雨
我认识的竹叶瘦若流星，可以把它们理解为
难得糊涂，也可以把它们视为难兄难弟。
三百多年前，一个叫仓央嘉措的活佛
也试图理解过东山顶上的月亮
浮现在每个人心头的光芒
不尽相同。
月亮停在了悬崖边，悬崖勒马算什么活法
老马识途算什么活法
我养马，也养虎，但轻别离与伤离别
犹如月升月落，看每一缕月光的方式都马虎不得。

8

李太白，来
我在太岳山之首等你，这儿有冰酒
可以醉心。
这儿，有月可捉。
（不一定非得在江水中，在深山中也可以。）
人生，何处没有游戏——
月亮出现在白皮松上，月亮出现在五角枫上
月亮出现在辽东栎上，月亮出现在茶条槭上。
我以为，唾手可得的东西最易于速朽。
有露珠站在太平花上
有露珠站在益母草上
捉到了吗？
一千年是月亮，一千年是露珠。
也可能是你
也可能，是我。

9

石膏山也需要一面镜子，龙泉湖从沁源县应诏而来。
一座山也无法看清自己
我从原平市应邀而来，我甘愿做它的另一面镜子。
我眼中映出你的倒影。我说
你雄
你奇
你青
你秀

你巧……我说不出的
太多了。
石膏山，来
请谈谈你
对我的看法，一切都是幻象
哲人赫拉克利特也无法两次登上同一座山峰。

10

青出于蓝，是说青山
出于蓝色的大海。
让青山看着辛弃疾，让大海看着我。
一岁的我
两岁的我
三岁的我
……
四十五岁的我
四十六岁的我
四十七岁的我
……
我数过恒河的沙子，沧海和桑田。
我承认
我数学从小就学得一塌糊涂，我开始写诗。
我写时间
多于写空间，我写生命，多于写生活。

11

有人在喝茶处喝茶。

我读着保安禅院的一副楹联——
“云远深岩极乐处，山静虚涵自在仙。”
我不止一次提起赵州和尚
他问两位远道而来的僧人：“你以前来过吗？”
“没有来过。”
“吃茶去！”
他问另一位僧人：“你来过吗？”
“曾经来过。”
“吃茶去。”
我习惯近观峭壁，当作参禅。
我习惯把无言当成自在。
石膏山上，秋意明了。
我们吃茶去。
我们，吃茶去。我们吃茶，去。

12

形而下的石膏山
形而上的石膏山，是几座山？
上山的我，下山的我
是哪一个我？
我想在一块巨大的岩石上
刻上“无妄”二字，仿佛最后一个登上月球的诗人。
我有冷汗
借清风擦去。
我深知自己已动了妄念。

13

此是初秋，我非初我。
红叶红了的时候，再来。
大雪封山的时候，再来。

14

一个月前，我在河北雾灵山看山楂
红了。
山中十日
犹如世上百年。
特别是夜静时分，山下的灯火暗了。
楼群中
睡着不愿醒来的人群。
我独坐板栗树下，群星来看我。
我有孤独的荣耀
不愿与群山分享。

15

窃以为，灵石只是一个地方的笔名。
石膏山
只是她写下的一首长诗。
会让人动情
会让人动容
会让人
掩卷……无俗念。

16

去过铁佛寺的人，会暂时放下铁石心肠。
尘世，会暂时放下色彩斑斓的磁铁。
拾级而上，有铁佛三尊
一个是你
一个是我
一个是他。
溶洞里，正在融化的是铁一样的时间
可锻矛
可锻盾。
四下里仔细端详，用手轻轻敲击四壁
会发现，整座寺庙由慈悲建成
每一层台阶
都由光线铺成。

17

三个青年画家
山林中写生，他们画下了三座年轻的石膏山。
我的石膏山
肯定是四十八岁的石膏山，再有两年
我就五十岁了，我的父亲
就曾窥探过高高在上的天命，遗憾的是，我的兄长谢灵运没有。
现在，我已登临谢灵运最后的年轮
却还没有找到自己的谢公履。
山水，有时离生活太远

有时又无曲径可以通幽。
对于尘世，我一直了解太少
有时两眼一抹黑
跌坐在人群中
仿佛瞎子阿炳
仿佛盲诗人荷马。

18

此去不远，是高壁岭。其上，是韩信墓。
一直以来，有两种美
我总是乐于表达——
花满山中的时刻
雪满山中的时刻。
埋下淮阴侯的，不是一座高山上的坟墓
而是这样两个时间：约公元前 231 年至前 196 年。
一个约字
让韩信之生闪烁其词，犹如暮晚来临的一点磷火。
幸好死得其所
北倚绵山，南接霍岳
海拔 1200 米的韩信岭
正是他峭壁深涧的身后幻象。我没有
亲眼看到，在石膏山上
我望见更多的远山，犹如涅槃的浪花
犹如等待命名的众生。

19

据说，北宋人范宽晚年身居终南、太华二山

深得其意
渐忘其形。
我极爱他的两幅山水作品——
一幅是《溪山行旅图》
一幅是《临流独坐图》。
看久了
似乎那旅人是我，那独坐者是我。
远在马鞍山的诗人杨键说：山水是一条回家之路。
这些年
他陆续画出了抽象的山、抽象的水
将水墨当成丹炉
炼成了三昧真火：混沌之冷、隔世之苦、不化之雪。

20

勃朗宁说：“此时此地，英格兰给了我帮助。”
博尔赫斯说：“此时此地，布宜诺斯艾利斯给了我帮助。”
我想说，此时此地
石膏山给了我帮助。
三次来到这里
林木、泉流待我如同故人。
莫问去者
莫问来者
人间大事，都可以交给蝴蝶去办。
你看
龙吟谷里的行云与流水
像妙不可言的日本俳句。
你听，石缝里又有松树
留言给松鼠。

我在半山腰歇息，几次想
学青龙瀑布跃身而下。

21

一只果子狸
来了。
“它撑着从真理那里借来的纤细四肢”
一只金钱豹
一只山羊，来了。
它们与我一样，有着心细如发的命运
从不放过我们活过的每一秒。
时间过得真快
春雨已更名为秋雨。
收集这些神的汗水，在显微镜下观察
他们去过哪儿
他们使出了哪些不为人知的神力。
每个人
都是他人的天堂。
我说的是“人”，包括这些靠山吃山的动物们
包括那些坐吃山不空的植物们。
我们也要惺惺相惜
我们也有千言万语，却彼此不知。

22

所到之处，无一不是催人重生的子宫。
有好几次
梦见叫不上名字的奇山怪峰。

无一例外，我都没有登上它们。
人生有遗憾
一定是有最大遗憾的人生。
而我偏偏想独自拥有这样的一生。
没有在石膏山
看过落日，记忆中
2011 年冬天，有一枚落日如同棺椁
安葬了父亲，我和母亲眼中的落日不同
我的就像半生
她的如同一生。
在石膏山上，我把悲欢摆在素不相识的石头上
没有风的时候
它们像一对双胞胎，风起的时候
它们越看越像一个连体婴儿。

23

这朝朝暮暮等于山山水水。
看山是山
看水是水，不在山，不在水，在于一个看字。
将看分成仰望与远眺
高山何其多
远水何其多
少的，只是一个人的山水。
如果将所有的人看成一个人，将所有的山水看成唯一的
山水
天地之间陡然宽阔起来。
活着，不再朝秦暮楚
死去，惟求山高水长。

请退回到列子的《汤问》之中，领教愚公的一句“无穷匮也”
我心之固，固不可彻。
继续搬运这青山绿水的每一天吧
智者，仁者
无一不是行者，就连一块灵石
都奔走了亿万光年，还在继续
向未来者的心上
夜以继日地走着。

24

青云寺
向东走百余米，可以遇见日观峰。
从来没有
专程看过日出，太阳似乎一直是从我的心头升起。
偶尔想想
我把太多的事物放在心上
似乎只是为了让它们沐浴更多的光辉。
半生过去
我读诗，日出其中
我写诗，日出其中。
在石膏山上
邂逅青云塔的一刻，我想起面壁的达摩。
这些高耸的事物
必有其深深的来意。
没有忘了，向塔基鞠一躬
埋得太深的事物
必有不可劝阻的归意。

25

这里如果有传说，不妨顺便说一下。
明末清初，一个叫九读的登封人
曾在这儿化名亡魂
他把石膏山当成了命中的天涯。
我很想扒开漫山的石头，掀起成群结队的荒草
看一看
有多少亡魂曾在这儿安身立命
有多少不腐的尸骨
已经化为了铮铮石骨，千百年来
有人画山，有人画骨，有人画魂。
太原人傅山
为石膏山写下了四个汉字：山林野趣。
几百年后
我在山林中，重温这些不老的野趣。
足够珍惜了。
一个诗人的山林，一个诗人的野趣
都在一行诗中，像一行白鹭
欲上青天
已上青天。

26

不是我，依然会有人
写下这些诗句，膏山之高，高山之膏
肥沃的美
膏腴的赞美，对于生活的顺从与叛逆

就像山之阳，山之阴
对于命运的俯首与起义，没有人
能够随机应变，不幸的是
我将重提时间，仿佛青草又一次来到了
枯黄的陷阱里，我依然相信
它们自己可以爬出来
与我相见，这就是一生的有用与无用之用。
石膏山下
一朵虞美人
略有迟疑，然而，它恍然开了
就像我们失而复得的大道与厚德。
一座山的真实，高出了大地，不是多余
而是始终留不住。
一个游子
走远了，才发现故乡
最虚幻的美
最值得倾尽毕生回去。

韩玉光　1970年生于山西原平市。中国作家协会会员，出版个人诗集《1970年的月亮》《捕光者》。

石膏山，我还会来（外一首）

◆ 郝俊力

石膏山，来过几次
每一次来，都太过匆忙
匆忙得不及掀动一扇衣角

尘世间的人们管你叫红叶山
习惯在你走红的时候
来赶场，或者
借一枚树叶的光芒来取暖

而我随时都想与你靠近
不是归隐，不为爱情
只为能在你的胸膛放慢脚步
让一躯僵硬了的身骨
有一次腾挪的机会

我知道自己的小
小得不及一枚山中的树叶
或者蝴蝶
一颗心的尺寸
也无法装下一座山的仪态
可我还是毫无疑义地

想贴近你
贴近你的四季，贴近你
每一寸肌肤

一级一级的台阶
多像时光啊
我敲打在上面的脚步
就像时针
走在宽大的风里
时而被云雾缭绕
时而被光芒照亮
山涧溪流的声音
干净得让一颗装满尘世的心
青翠欲滴
偶尔有鸟儿飞过
落在寺庙顶上
梵音阵阵

你让我上山时学会仰望
下山时懂得俯瞰
灿烂时不失谦卑
清寂时守住内心
一如深秋里这漫山的红叶
一如隆冬时被白雪覆盖的辽阔

石膏山，我还会来

初会红崖峡谷

就像是故意要捉弄人似的
藏在深闺中的红崖峡谷
与你的第一次谋面
竟被一场雨雾朦胧了
一双尘世的凡胎肉眼
怎么都无法穿透你的脏腑
识清你的面目
览括你的壮美与秀丽
只能借一枚红叶的火力
循着潺潺的水声
一路逶迤
从爱情谷到牛角鞍
从阔叶林到针叶林
黄栌、白果树、落叶松
呀，还来不及辨认更多的林木呢
绵绵秋雨
已然变身凛冽冬雪
与阔大的风搅在一起
像极了人生中的一场密谋或者变故
让一次约会有了戏剧性的效果
这就是太岳山的第一峰吗
它不应该这么冷
亚高原草甸上的花草
分明还留着体温
它体液中的芳香
已被我偷偷吸入骨髓

2566.6 米的高处
连空气都是净的
捡一兜黄澄澄的落叶松针回家
给阳台上的君子兰换土
还不忘折一枝
没来得及凋谢的淡紫色的蝴蝶花
送给被风雪阻挡了脚步的女诗人

郝俊力　女，1963 年生于山西榆次。《晋中日报》文艺部主任，主编《晋中日报潮头副刊》。

灵石，灵石（组诗）

◆ 喙林儿

陨石，灵石

我来时，因为灵石而彻夜未眠
我走时，因为灵石而仰望满天星光
一块梦想着翱翔整个天宇的石头，必然
会把自己燃烧得通体明亮
火焰穿透了躯体，铁质和铁质撞击
光芒在一千年之后
依然灼伤了一双找寻的眼睛

汾河浊浪涛涛，天降祥瑞
我靠近，不是为了抚摸棱角尽失的陨石
我离去，只是为了水火交融之后的灵石
守着一方热土，安安静静幸福下去

铺满秋天的山路

我来时，树叶还未来得及变红
石膏山把山路一再托举
辽东栎落下了谦卑的果实，喜光的油松
努力向着更高的天空，探了又探

我来时，对面的舍身崖空无一人
故事里的后生，不忘在时光里穿越
南天门雄伟壮阔在山路的尽头
凭栏的游客，各自凌空抒情

我来时，沉睡的卧佛只一小会儿
就把缭绕在山头的云雾，清理得干干净净
峰回路转时，天竺寺走出的年轻僧人
让秋天突然多出灿烂的肃穆

我来时，所有的消息都和你有关
砖石和砖石拼接起来一路向前的缝隙
我们摸着山腰一起行走，季节不深不浅
细碎的野菊花，开得正浓

在介林

对面山上的风，很轻易就吹过来了
介子推高大的石雕，岿然不动
这让我显得越发的卑微和渺小

通往坟茔的路，不断昭示着
一生二，二生三，三生万物的哲理
故事始终无法从历史的腹地抽离
不断靠近，如四季常青的松林
不断远离，如遥远的春天里凋谢的小黄花

穿过时间包围的院落

须刻意高抬腿，才会迈进王家的门槛
须隔绝尘世的喧嚣，才会摸到镂空雕花里
深闺留下的指纹
顺着家族渊源命运起伏的脉络
点亮每一座庭院屋檐下的灯盏
王家人在红彤彤的灯光下，岁月静好
农，商，官，驰骋纵横
白云堆积成苍狗
晚霞穿过高耸的城墙，撒下绚丽的色彩
像缅怀王家大院曾经的繁华
或许因为院落群太过庞大，我一次次
迷失在回归的路途

过资寿寺

通过逼仄的走廊，仿若经过一段时光隧道
在感觉忽远忽近之时，资寿寺院内大殿
悠然出现在眼前
壁画上大佛从容地看着香客们来来往往
一动不动华丽在故事里
十八罗汉组成悲喜人间，像记忆中
经过生命的某位过客

暮色深重，佛陀阻隔了人们注视的目光
在黑暗中俯瞰芸芸众生
鼓声响起来的时候，我正好迈出寺院的门槛

头顶盘旋着的一群鸟
有的飞进，有的飞出

在流水里记忆红崖峡谷

须动用躯体里每一个细胞的激情
仿佛唯有如此，才配得上红崖峡谷里抒情

红色，是悬在山壁上对于时间的印记
让我联想到不屈不挠的词汇
像一个人对于另外一个人的怀念
无法擦掉

油松，和叫不出名字的藤蔓
忘记了季节的绿，尽情的绿，疯狂的绿

石头只能用干净去描绘
你想坐就坐，去冥想一段故事
或者干脆把它揽在怀里，没有人笑你的痴

流水反复折叠，不断迂回
却从没有忘记去回肠荡气地歌唱
它陪着山崖陪着树木陪着石头
陪着时间，和走在大峡谷里的你和我

路遇白狐

就这样痴
仅仅是一张轻飘飘的纸片，晃动了几下

你就义无反顾走向了一个人
在高山之巅的牛角鞍，我遇到从荒草中走出的你
仿佛在时间的荒原里，我看到了另外一个自己

我宁愿你就此折返
奔向大山深处
穿过一座桥，忘记前世，没有轮回
晨饮一滴珠露，暮撷一片落叶
在牛角鞍的悬崖峭壁，找到只属于自己的洞穴

喙林儿 女，本名吴献花，山西大同人，医务工作者。山西省作家协会会员。有诗作见于《诗选刊》《诗刊》《阳光》《星星》《绿风》《青海湖》等刊物。著有诗集《秋天是我的》，入围2010—2012赵树理文学奖诗歌奖。曾在全国性的诗歌比赛中多次获得奖项。

写给石膏山

◆ 霍秀琴

阳光穿过白云，穿过松柏枝叶的缝隙
照射下来，崖壁石缝的小黄花
已经开好了。
许多年了，你就这样静静地站立着
除了人工加以的色彩，没有太大改变
沧海桑田的是我。

季节赋予你，别样的韵味
我无法表述，那些飞翔的鸟
响彻山谷的呼唤
仿佛每一棵草木，每一缕空气
都携带着，风起，落叶飞扬的气息。

小溪的水正滑过光洁的卵石
草尖在低处晃动，我捡起一枚落叶
想起每一朵怀孕的花瓣上
所承载过的酸涩悸动与喜悦。

那么多古寺被你藏在溶洞，洗尽千年铅华
每次听到寺院内传出的梵音
我就会情不自禁地，自愿做一个
生活的颓废者

把云淡轻风，归还给一颗凡俗之心。

有时候，真的很羡慕那些成群结队长在
崖壁上的松柏
它们可以向着云朵敞开自己的心扉
让激情的旋律在你的怀里流淌。

那座看不见水出处的龙潭，一直以来
活在我的仰慕里
我不再想探究它，旱不涸、雨不溢的奥妙
人生在世，解不开的疑惑太多
我不敢说出永恒与悲伤。

面对繁杂的尘世
我无法像你一样，保持一份沉寂，一份孤傲
在长有荆棘的路上，我一次，又一次
用你的坦荡与辽阔，超度我的坚韧。

此刻，满山遍野荡漾着浓重的绿色
已无需遥看
秋风里，红叶正在极速地发酵
犹如我对青春年少的挥霍无度，无可抑制
犹如我对你的热爱，肆无忌惮。

当山峰抵达一定的高度，就成了
涤尽世俗烟火的殿宇
如你，此刻正用无数片纯净的叶子
掩盖一些事物的霉变
让尘世的光芒，在秋天的色彩里慢慢漏下。

霍秀琴　女，山西灵石人。中国诗歌学会会员，山西省作家协会会员，有诗入选：《2016年中国诗歌年选》《诗探索——2015年度诗选》《诗探索——2016年度诗选》。出版诗集《怀念那个滚烫的季节》。

勾勒出一幅以“灵石”命名的山水画（组诗）

◆ 韩熠伟

勾勒出一幅以“灵石”命名的山水画

秋风肥胖。笔尖欲望很大。
涟漪骨骼铿锵，意境美在“三千佳丽”里独树一帜。
几枚为秋日代言的词语
在舌头和嘴唇之间蠢蠢欲动。

假以折纸的斯文，把灵石里的意象引出来。
试着爬上“秦晋要道，川陕通衢”的顶部，安定神闲。
“燕冀之御、秦蜀之经”是否已经突破了你内心的防线？
拾一根树枝作以画笔，把笔尖磨亮，
沿你庞大的倒影，
勾勒出一幅以“灵石”命名的山水画。
寄情于山水。其实我身怀私心。

用一缕“半遮面”的阳光来滋养。
汾河在线装书里深居简出。
秋风身怀六甲，不必刻意提醒就能舞出满嘴口音。
试着舀一瓢汾河的水，圈养几声鸟鸣。
古典醇香无法用脚步丈量。
岁月在此安身立命，站稳脚跟。

作为一个来无影去无踪的探路者，
在汾河之上，
先预置一架遒劲有力的古风木桥。
或许每一个汉字都背负着一项使命，
索性码起来。
载我前世的情人抑或妃子，
行云流水，波澜壮阔。

龙泉湖是一位带有江南情调的女子

没有规矩不成方圆。
对于“天条”，湖的默认是另一种态度。
对于大地的宽恕，
应该保持敬意。
这样胸怀才能更接地气。

月光妩媚，失眠是长久的事。
石膏山其实暗藏玄机
对于她的怜香惜玉，心中的佩服一撇一捺　工工整整。

龙泉湖是一位带有江南情调的女子
我努力与她保持距离
我怕靠得太近，惊跑了她玲珑剔透的美丽

应该配点古乐，吟诵略有感动
抒情是一个人意境美的体现
风声太暖。诗意太大
我怕信封装不下这声势浩大的涟漪“闺语”。

俯下身来倾听王家大院的心跳

如果不是时间的限制，
我想在这里待得更久些。
意象从砖瓦之间渗出。
安身立命的汉字架不住狼毫的匡扶
旋涡的轮回　让力量更加强大。

“五巷”“五堡”“五祠堂”
让王家大院腰板很硬。
对于其中的五堡，寓意不需要逗号加以陪衬。
格局落于笔锋
“龙”“凤”“龟”“麟”“虎”的造型让我的惊呼“措手不及”。

对于古墙的溺爱，
沧桑有些口齿不清
时间拼尽全力诠释，
筹码都不会心慈手软
坚固成了光芒最后的归宿

对于古堡　我的解释有些苍白
天机其实是另一种沉默。

与始迁之祖王实推杯换盏

对于家族　我的根须也有情怀
草木藏于发髻，艰难无言。

打拼成了极其珍贵的解药。

诚信务实　谦和善良
物质其实另有“目的”
与王实推杯换盏，
他做的豆腐就是上好的下酒菜，
再好的山珍海味也输它三分。

明媚这盏暖灯，也分浅水区和深水区
匹配抑或藏匿，
王家大院每一块砖瓦都饱含温度，
古色古香是最好的证据
“积善之家，必有余庆”其实并没有格调压韵那么复杂。

在司马院，我步履谨慎

囊中羞涩。说实话我也想要一个这样的院落。
这不是逃避，也不是安于现状。
只是汉字和辽阔需要一个平台加以展示。

在司马院，我步履谨慎。
每一个跨度都带有羡慕
十五世候铨州同王寅德热情相迎，打消了我心中的顾虑。
虚构太缥缈。实打实才能砸出巨浪。
四院是四种美丽。加官、进禄、增福、添寿
寡淡正仓忙逃窜。

与繁星握手。月亮是我第二个情人。
在观月楼，翻刻的马蹄声再一次延长了带有墨香的青春期

在介林，我胸口的香火如此旺盛

在知道去这个地方的时候，
我的心情如被千斤重物压着
沉重是一种解释。

笔尖努力　白云创造机遇
试着与介子推偶遇。
哪怕一个擦肩也好，这样我的忠诚又能长高一些了。

以虔诚的姿势来扎入一个人的根须。
捡几粒鸟鸣。
让叙事的竹简打遍天下无敌手。

寒食节让我的胃有些羞愧
低头其实更有深度
在华夏第一林，介“林”
长长短短的句子让我胸口的香火如此旺盛。

用阳光造句，我已经听到墨水的呼声了。
割股奉君、功成身退、为母尽孝。
起笔、落笔　体温升高了二分。

在红崖峡谷　心中的爱情“浓妆艳抹”

秋的味道，甜而不腻。
无论我怎么掩饰，破绽总会找到漏洞。
以此要挟　逼我交出暗含隐喻的春梦。

一步、两步、三步
野心疯狂。血管的扭捏独自救赎。
进入爱情谷，相思骤然返青

越往红崖峡谷深处走我才发现
心中的黄金和口袋中的黄金比例其实一样重。
“山西绿宝石、天然大氧吧”
让我的衣服“口袋”重了三分
一不小心就成了名副其实的“土豪”。略显慌张
气定神闲悄悄为我戴上了“面具”。

一粒红豆面色红润，秋风是最好的见证人。
阳光偷偷置换了半盒胭脂，
假装失忆的眉截留了言语的妩媚
在红崖峡谷　发芽的爱情“浓妆艳抹”
心中的爱情锁也只有你一把金钥匙。

我与牛角鞍有个约会

我像是身带任务去的，
对于路途的遥远我早已置身事外。
汽车的诱惑我是拒绝的。
相比之下，走路更接地气。

秋风康健，白云里包含鸟鸣。
这是一场迟到的约会。
牛角鞍的电报已积累成册。
细节温酒。心中的波涛委婉浪漫。
对于蓝天的陈述，我一一回应。

我怕稍有疏忽漏掉了我思念已久的乡音。

时光的唱词太快，视线根本来不及反应
走在全木制的台阶上
我的信仰得到了暗示。
趁暖风打哈欠，快一点与你相会
脚印深浅不一。
像是一幅卷轴风景画。
摸到你我就心安了　太岳最高峰——牛角鞍
关节开门，沧桑略显古典
一碗修辞美酒与之一醉方休。

韩熠伟　1997年生于山西阳泉，现就读于阳泉师专中文系。系山西省阳泉市作家协会理事、阳泉师专星星草文学社社长、《星星草》文学杂志主编、《新声报》主编。曾在《名作欣赏》《黄河》《中国诗歌》《都市》《山西科技报》《三晋都市报》《成都商报》等报刊发表诗歌、散文、评论等文学作品百余篇（首）。曾获《名作欣赏》杂志社主办的第一届“名作杯·全国大学生文学作品大赛”二等奖、阳泉市作家协会主办的“石波水杯·好大一个家”征文大赛三等奖等奖项。

灵石行（组诗）

◆ 甲 子

灵石 瑞石

不想在高处被大地上的人类久久仰望
不想只在太阳的照耀下才发出耀眼的光
于是，公元前的某个时辰
你奋不顾身地下凡，落入了
俯瞰已久的温暖人间

尽管被遁入地下隐藏了若干年
但有价值的你，是埋没不了的

大气层阻拦你时的烧灼、磨蚀
使你失去了魔力的棱角——
一身伤痕，奇丑无比
慧眼的隋文帝看到后，却拥你入怀
之后把你置于尊位
镇天灾，捍城垣，保一方平安

你不负重托
多少年来“其色苍苍，其声铮铮”
不停地释放着肉眼看不到的祥瑞之光

使得这片土地山川灵秀
使得这里的人们有源源不断的创造灵感

拜谒介林，我低下了头

在介林，我看不到林
心想，肯定是
春秋时那场大火惹下的祸
使这块曾经树密林深的山地
再也不敢长出乔木

介林里，只有一种红红的花
在深秋季节还盛开着
开在寒石的周围
开在介子推的墓前
开在人们鞠躬叩首的地方

拜谒了这“华夏第一林”
可能是因为仰望得太久了
我，这个在忠孝方面
时常被赞扬的人
不得不低下头去
至今，仍不愿抬起

资寿寺，十八罗汉的表情

参观了资寿寺之后
我的脑海里，不断闪现十八罗汉的表情
那栩栩如生的比丘形象

虽为《法住记》译出后，俗人的创造
却似心相合一的天工之作

我惊讶——
经历了被集体割首的劫难
即使身首分离期间
他们的神态依然如故
我叹服——
抵达这样的境界
荣获这样的果位
得需要怎样的修行

甲子　本名贾健民，曾用笔名剑敏。原籍河北沧州，现居山西太原。1992年到太原市文联从事编辑工作，现为太原文学院《都市》杂志编辑部主任。1995年6月加入山西省作家协会，2013年8月加入中国诗歌学会。山西省作家协会诗歌专业委员会太原分会秘书长，太原诗词学会副会长，光线诗社副社长兼秘书长。1988年开始在公开发行的出版物上发表诗文，迄今有数百首（篇）与读者见面，其中有的被选本转载、有的在评比大赛中获奖。著有诗集《岁月峰峦》。

石膏山（外一首）

◆ 贾 丽

唯有美的花朵不会凋零。
这里的山是美的
水是美的
与山水的相遇是美的
无需说出
热爱还是深爱
无论短暂还是汹涌
所有的美已在我的眼里
缓缓绽放……
贮满一生的泪水
喂养它吧，这生生不息的细碎日子
这简单明了的
一世情缘。

红叶谷

我不需要走得太远
眼前皆是美景
这些蜂拥而至的红叶
仿佛迟暮的美人
尚有羞涩之心……仿佛一天
迎来了晚霞满天，仿佛一些人

刚刚相聚，又要离别
拾起一片红叶，轻轻抚摸它
我不知道它有多么悲伤
我说不出
它有多少痛……

贾丽　女，山西原平人。中国诗歌学会会员，山西省作家协会会员，红门书院写作营成员。有作品载于《2015中国诗歌年选》《延河》《黄河》《中国诗歌》。

登临牛角鞍（外二首）

◆ 梁志宏

登临牛角鞍
林草丰茂。一层层木栈道
陡峭，斜缓
竖一截截天梯搭向云端。

梯阶上健步彩裙笑语飞扬
七旬翁把节奏放缓。
携着爱情谷藤树缠绕的遐思
红崖底虞美人花开的心情
手扶与步履
一截截油松、白桦、云杉；
这些曾经挺拔的生命，尽管倒伏
仍给我向上的心力，助我登攀。

登临牛角鞍，击掌报到
我并非欲执牛耳。
正是秋分，未闻雁声也不羡白云
在这高海拔的太岳之巅，高山草甸；
我且俯下身子，拜草族为师
体悟野草一岁一枯荣的高度；
如何积攒地气和骨气
抱团应对庞大的风暴冰寒。

我与钟泉一见钟情

初上石膏山。铁色陡崖下
我与一脉钟泉相遇，一见钟情。
游客纷沓中，让心静下来
看一口坐地仰天的钟碧水清澈；
我投影银发苍颜
问泉声何处？侧耳倾听——

听到柔软的泉流，从山岩的
重重挤压下突围，且千年不废；
滋养了一座寺庙香火袅袅
传递石膏山的脉动，无声亦有声。
有缘人听得懂：钟泉以水敲钟不分昏晓
——水为上善，为德性。

写在红崖爱情谷

走出夹板沟的一线天
步入爱情谷，心情为之放松。

林荫道遮天蔽日，飞鸟溪流伴奏
正是谈情叙爱的好去处
见锁情阁前一对小情侣热吻
余古稀矣，则流连于藤缠树风景。
平民百姓朴实的爱
无需山盟海誓花拳绣腿；
少年夫妻老来伴，就像这藤树缠绕
相互扶持相濡以沫，共度余生。

梁志宏 1945年出生于太原。中国作家协会会员，中国诗歌学会理事，山西诗词学会副会长，太原诗词学会名誉会长。曾任太原市文联副主席、城市文学社主编。文学创作一级。出版抒情诗集《冶炼太阳》《行走的向日葵》等，万行神话史诗《华夏创世神歌》，长篇传记《太阳下的向日葵：一个正统文人的全息档案》等二十二部，并于2002年出版五卷本《梁志宏文集》。合作编剧的电视连续剧《矿山人家》《红军东征》先后在央视播出。《检察长的眼睛》获《诗刊》1981至1982年度优秀作品奖，本人评获太原市特聘专家、太原市文艺领军人物和优秀作家。

我与太岳有千年之约（组诗）

◆ 梁生智

一脚踏进石膏山

不是走不完。是慢慢走

不需要听佛号
风声。树声。鸟鸣。虫叫
一滴水正从山头往下落
不需要闻梵香
草香。花香。土味。水气
一缕云正从山底往上升

不是慢慢走。是走不完

一脚踏进石膏山
就知道。这一生必须有这场缘分
往上升。离天很近
往下走。离地很近
天地之间
石膏山用石头用树木
写下一篇传奇
不需要回头。往前走
往前走一样可以到岸的那一头

我与太岳有千年之约

我要去太岳山的最高处
远和近已不重要
站在高处可以看看远方
远方在离心最近的地方

一千年前。一定是一千年前吧
我与太岳有千年之约
如果不是深刻在骨子里的执着
怎么会有那只白狐等我

一群人中它只跑向我
一次。一次。一次……
我应该感谢它呀
我成为多少双眼睛都在惊叹的故事
我从远而近。它从远而近
只为在太岳山上相见
我说这是我千年前的情人
今生才一定要穿越千里重逢

牛角鞍不动声色让我开悟

张开胸怀就打开我亲近她的心门
应该赤着脚轻轻走
走在最低处。让脚感受她的厚度

那些从高处流下来的水还在往下流

我逆流而上。就像要回到曾经走过的岁月去
只有那些落下来的树叶知道我想什么

不需要方向。天空在这里都变小
挤满树和草的崖壁上从来没有寂寞
从春到春。从秋到秋

或者躺下来变成一块石头
留在这里守着阳光月色
只听一声虫鸣。复归无极

那些比我高的树还在长高
我知道我高过山的唯一策略
这里的一草一木从不懈怠

站在最高处才知道最低处呀
牛角鞍就这样不动声色让我开悟
就像满山坡低着头颅的花草

终究是要回到最低处的
我的心装满太多的凡尘杂念
只能在挤满人的地方一遍遍回想山上的清风

我今晚注定失眠

——想起王家大院

从旷野到洞穴。从洞穴到茅草屋
我们一直离土很近。然后

我们住在半空。上面是人下面是人
在高处我们从来看不到千里

照进窗棂的阳光也照过我的额头
躺在土炕看见阳光中飞动着更细小的尘埃
它们自由自在比我的梦更真实
那时候蛐蛐就在窗台外的墙角轻叫

大门推开就推开一天的生活了
炊烟。灶火。一定要有鸡鸣狗叫
雪在屋顶越落越厚时。腊月就到了
所有远行的人都会在年前归来

祖父的咳嗽声经常响彻一串串的院落
那是家的全部威严
再厚实的墙也挡不住。从春到春
一直到祖父躺在更为深厚的泥土

我突然知道为什么失眠的人越来越多
我知道我今晚注定要失眠
离土炕太久。再也没有热气慢慢穿透身体
好想有一座大院安顿我最后的灵魂

我必须归于尘土

——写给灵石的“灵石”

仰望天空。阳光来临的地方
还有雪。有雨和月光

许多时候我们渴望飞翔
鸟一样。或者像一丝云

你从天而降。义无反顾
就像我们熟悉的那些传说
真的是一块石头吗？天上地下
你是回归还是远离？地上天下

或者就是为了与大地的一次拥抱
我知道我的任何想象都是苍白的
我不是因为沉重无法飞翔
就像你不是因为沉重降临一样

突然想到神。我们熟悉又陌生的亲人
他们就在我的头顶。神秘，神圣
似乎不是我的兄弟二棍说的那样“朴素”
也许比朴素还要朴素的只有石头

回头的时候。我听到心跳
就是你落地时的轰鸣
我不再渴望天空的高度
我知道我必须归于尘土。更深的地下

梁生智 1962年出生，山西省定襄县人。现任《五台山》杂志副主编。山西省作家协会会员，忻州市作家协会秘书长。在《诗刊》《星星》《诗歌报》《诗神》《黄河》《山西文学》等文学报刊发表文学作品。作品多次获全国性奖项。

登牛角鞍记（外二首）

◆ 雷霆

秋风过后，牛角鞍上落满松针。
它们告别了锋芒，像刀戟的内心，
找到了短暂的疲倦。

秋风撕扯白云，天空尽是白云的碎布条。
有一片云，可能经历了更凌厉的风吹，
像卷曲的锯齿。

草甸都黄了，山岗要换秋装。
一人高的草集体伏向泥土，
低首，失声，像刚做了羞愧之事。

蓝天是一扇旧窗户，朝牛角鞍打开。
张开双臂摆拍的少年，
内心一定有过飞翔的梦想。

阳光亮如银针。黑狐狸穿行林间。
它肥硕的尾巴，擦拭软绵的松针。
如果不停下来，它会比我早到达山顶。

已是正午，崖壁上的黄栌探出红叶。
一片挨着另一片，

像一团火点燃另一团火。

在牛角鞍上，
我带着敬畏和泉水，愧疚和俗念。
我看到万物往来，就在平常之间。

我接纳天地奢华，放下来时的苦楚。
这一加一减的中年啊，
因眼前的高远和壮阔泪流满面。

石膏山得句

尘世上，闲置的美太多了
比如石膏山，和她匆忙的秋色
那么多红叶，想遮住一座山的迟暮之年

干净的阳光，被草木公开议论着
好像一座山的内心有宝石的品德
有藏不住的荣华。而在山岭上
你只要愿意，就能伸手取走云朵

突然想到一个比喻：整座石膏山
就是一座红叶加工厂，有心的红叶
连忧伤也是有棱有角的样子

在红崖峡谷

在红崖峡谷，我情愿迷途不知返
花瓢虫带着斑斓的前世飞起落下

泉水叮咚，拐多少弯才能到达远方
头顶怒放的红叶，她们乖巧得像
一片片悬空的糖纸，散发着甜蜜

因为有一副好心肠，峡谷里的石头
才这样光滑如初。我一定会爱上
前方的藤蔓，它们借着白桦林疯长
缠得越高，就越想念林中稀疏的阳光

如果我叫不出树枝上栖息的鸟儿
那一定是它们的名字不够华贵
也许它们和峡谷里所有草木一样
和深埋于浮世里的美一样无名

我情愿懒散，情愿迷失在这里
我会把守林人的小木屋
当成后半生安身立命的居所
用多余的红叶铺满屋顶

与清风擦肩而过，与蝴蝶
问寒问暖。假如寂寞久了
我会把山风吹裂的几片桦皮
也当作能够度日的银两

每当傍晚来临，折一截山榆
学着吹出一两个悦耳的音节
尽管暮色一再降临我的心底
尽管这广大的寂静此生我用不完
但我情愿在红崖峡谷迷途不知返

雷霆　当代诗人。中国作家协会会员，山西省作协诗歌委员会副主任。1994年参加《诗刊》社第十二届“青春诗会”。先后在各大文学期刊发表诗歌、散文诗多首(篇)。出版诗集《雷霆诗歌》《大地歌谣》《官道梁诗篇》《我的官道梁》《空旷》等。作品入选十几种选集，并获得过 “新诗百年·十大田园诗人”称号，曾获“郭沫若诗歌奖”、“赵树理文学奖”、“黄河文学奖”、“山西文学奖”、“第二届中国红高粱诗歌奖”等。

灵石诗稿

◆ 刘阶耳

记石膏山

一

有我们在，左右前后
所以然于是必然

就像索道安慰的爬虫
艰难险阻发明在前

恐高的牧诗的组织的为一个名称
聚义；仿佛摩崖石刻
乃至怯懦

深入的局部
好事者智水仁山

二

就像你克服疑虑
垂垂老矣，然而乳臭未干

就谢过。选言判断，你的游离
一个节肢，里外站的都是你

绝对
生冷
经纬度拆除
可能吗？然后窃笑
仿佛失信于

基因筛查
你的情绪递质
无所谓坍塌
收缩的某次
不即不离，不伦不类

就像倾身己外
就像奇点
迫近的刹那

为红崖大峡谷的辽东栎而作

一

敢让老鼠捉鳖
敢向树上霾
思考，承担

二

清晨哪怕不爽
享受高铁
享受白狐
如果乙方
诚恳

三

深入。淘气。有资格
像朵凌霄花；放弃

不但容易
还复眼
把青春享受个够

你的下一次承诺
你在高空巡弋：外星人的牧场
北斗星跟踪
成功由几率

四

背叛由于合法
计算是个
体力活。扶正
多么怅惘，未遂
再顶罪，然后牛

拟《箜篌引》

“独行踽踽，岂无他人？”在灵石
一位大姐（有意或无意）提及她的胞弟
及她胞弟的哥们（从小学到大学）：林旺

哦，我的兄弟，我曾经的上下楼的邻居
我的炙手可热的上司。在灵石，“在彼中阿”
那铁含量饱满得惊人的陨石悬起、圈起、“锡我百朋”；
　那国际陨石学会何尝
是慕名而来（——却在顶着诗人头衔的我们莅临之际）
　悄然散去？哦
由隋及唐……通古斯的大爆炸……小行星撞击地球……
　双中子星……引力波
……纷至沓来：一如当年自南而北同蒲线上遇站即停
熟稔的一个个站牌（地名）：富家滩、南关、冷泉、两渡……
而当年的晋文公又何曾跸临？徒令介子推假名于斯，齿寒
且多出了一个节气的附会！在灵石，在汾河之滨，在王
　晓鹏兄
抚石沉吟时，我想到了生于斯、长于斯（十一岁
迁居异地）又一位兄弟：二东（乳名），亦王姓

思念来不及拔出，翌日我们就移身此行的第一处：
“王家大院”。导游的声浪此起彼伏，远游京都的
二东在彼处不得不嘶声竭力及时地解答
我的好奇：他的王，非此王，至于太原，琅琊
……哦！他祖上原来来自河东的蒲州
（据他父亲讲）……抱歉！叨扰

并向随行的“王老师”代问好

“岂曰无衣，与子同袍”
他尚记得他们王姓的始祖
王子晋（乔）曾被这位
“王老师”倾心赞颂

“我闻有命”
“云何不乐？”

晓鹏兄莞尔
王老师莞尔
他的“王氏族谱”
莞尔。游人在摆动
扎堆的淡定

王家第二十一世孙
即“廷”字辈
即他祖父的一辈
他
续上了
他的血脉

确系卖豆腐起家的
该“王家大院”的
血脉。他说：他祖父的

祖父……弟兄四个
其中的一位远走晋南

枝枝蔓蔓一地。否则，哪有
他乡宁双鹤乡太池村的

到他这一支；小时家祭，他说
长辈总“灵石王”“灵石王”
称颂；及长，渐知其意，先人的
牌位可惜早已不知去向。他说
他一度寻访过平阳城的本家
哪怕一点点宗亲的声息都
不曾捕捉到：从哪里来
“本味何能知”；到哪里去
“本味又何由知”？他
不无怅怅

“溯而回之”
“岂不夙夜”
这位王子晋（乔）的
后人哦！“维其
有章矣，足以
有庆矣”

“菁菁者莪”
“裳裳者华”

他禁不住
眨了眨眼（来时
眉梢留下的那道
跌伤的血痂
“舒尔脱脱兮”

容下了我代
二东的问候

“被之祁祁，薄言还归”
“求我庶土，追其谓之”
他的眸子在动（好似
他的诗句
来袭）

——牛羊翻过了山冈
——大雪飘过了山冈

刘阶耳 1964年生，山西临猗人。1986年毕业于南开大学汉语言文学专业，山西师范大学文学院副教授、中国现当代文学硕士点负责人。出版专著《“说”/“看”叙事延异与文本细读》《喧嚣的罅隙——汉语小说“细读”》。

牛角鞍的灵魂（外一首）

◆ 刘计亮

走过一匹老马，一峰骆驼，
松林里，一尾白狐飘然而至
像极了一朵云

塬上，枯草横陈
如虔诚的教徒，默默咏诵
生命的沧桑
路旁，一片虞美人
妖艳迷离，暗香飘荡
在微风和阳光里
我听到牛角鞍神秘的心跳

资寿寺里

燃一炷高香
让这袅袅升起的烟
去迎接唐朝的那缕钟声
廊柱下一条慵懒的棕色老狗
是五百年前，匆匆奔波的行者

合掌捧心
拜一拜横遭劫难的十八罗汉

海外归来，没有退却半丝色彩
那身着灰色僧袍的沙弥
喃喃吟诵，可是济世的密禅

笃笃的木鱼声中
药王殿前香火又一次浓密
黄昏里庄严的香客膝下
一遍遍播撒着前世的救赎
今生的忏悔，来日的圆满

刘计亮 号澹斋，山西灵石人。中学高级教师。系山西省书法教育专业委员会副会长，山西省书法家协会会员，山西省诗词学会会员。灵石县作协副主席。

在石膏山，想为自己写首诗

◆ 刘全有

秋风已先住进了这里，把石膏山吹捧成红色或黄色
多像我五十岁的人生
深知，上苍留给我的
时间不会太长

在石膏山上，我不需要
什么唯一
需要的只是能有个歇息的空间
把酸甜苦咸兑换成喜怒哀乐

今天，请允许我成为一尊神
用以配合这里的仙境
和松柏一起站立成永恒的绿

或许，在今天以后不再喜欢热闹
会爱上一个人的孤独
把日子过得更慢
把岁月过成悠长

此时此刻，石膏山是沉默的
明天，一定是另外的一天

刘全有 生于1968年8月14日，山西省灵石县人。两年前开始学习文学艺术，并开始创作，偶成几篇诗作。

灵石情思（组诗）

◆ 李庆贤

石膏山红叶

人说，一到秋天山有九色
而石膏山在我心中却有十色

那多出的一色
是满山红叶树高挑的身影
摇晃在朝阳照亮的山岗
把自己变成红衣人

她是在那里等我吗
一位远道而来之人
还没掸掉风尘
就被她的一身红衣吸引

我真想化作张开翅膀的大鸟
轻轻扑向她

我的勇气让我从天而降
拥抱一段风流
和躲在暗中相爱的眼睛

这让我一生的激情，只有在石膏山
漫山燃烧的红叶里才彻底爆发

在红崖峡谷林秀溪

让红崖峡谷林秀溪奔腾的流水
暂停一会儿
给我一段时光
我要追着溪水
向下，向下
把自己的恋情
放进大山皱褶，漾开一片红色

从上而来的山势
以压倒一切的决心
跟着溪水飞跑

像我身后，有骏马的蹄声
震落几片将红未红秋叶
它们是来和山野成亲的
有些离愁，或者伤别，必须放弃

在溪水边看见
来到谷里寻花之人
在水声轻轻地捶打中
内心涌起层层柔情

致太岳最高峰：牛角鞍

因为山野之神提着裙裾
露出脚踝走路

所以风光很美

因为山野之神想在天空写几个字
偷窥了人间男女

所以爱情神秘

因为我知道红果花楸的清白里
藏有一声鸟鸣般的刻骨乡音

所以啁啁复啾啾

因为牛角鞍真好
散发纯朴的气息

因为那些挂在峰顶上白云
已准备翻过众山，推送尊贵容颜

所以，让一群慕名而来的诗人
半痴半疯，扔下一片欢呼

介　林

我在介林面前聆听
绵山就去了远方

那场熄灭的大火
早已不着点墨
让一群天空飞鸟
划开山野秋色

追古抚今的后辈
碰到了一块固执石头
他是打马过来之人
变成行动的哑巴

于是，千年流传的故事
让一对母子的遭遇穿越了过去
让两条带有火光的背影
沿着崇高山脉上升

或许比故事深入人心
留下点灯照史的山火
那页翻卷不尽的悲怆
浩荡，汹涌，伫立成风景

更或许还带有至圣的太阳
从耀眼之处，讲述火烧炽红的诗句

李庆贤　山西省作家协会会员，临汾市作家协会主席团成员。在《山西文学》《黄河》《都市》《山西日报》《星星》《诗选刊》《诗林》《绿风》《诗歌月刊》《山东文学》《北方作家》《解放军文艺》《鸭绿江》等刊发表过作品。出版诗集《朗诵者》。作品入选《中国2010年度诗歌精选》《山西文学（诗歌）年度选》。曾获“中国李白诗歌大赛”优秀奖，《诗刊》《绿风》《解放军文艺》征文奖，2013年《都市》“桂冠诗人”。

爱情谷（组诗）

◆ 李引弟

爱情谷

漫步在山中小径
枫叶在风中
忽而低眉，忽而晃动
秋天就要被它染红
更多的树
静静地站在那儿
望着周边黛青的山峦

聆听着连绵的流水声
看着那清透的水
静静地流淌
蓝天在水中留下倒影
心中一时涌起无边的遐想
传说中有鲛人
愿意为爱情献身
剥落鳞片时，她们从不会流泪
有人在“同心锁”前
许愿，合影
我更愿天下有情人终成眷属。
我知道，来过爱情谷的人心里都是有爱的。

登牛角鞍

阳光在山上奔跑
满山的红叶似乎已望穿秋水。
在一只青鸟的指引下
我向远处眺望。
一只白孤
出现了。
只为与我有一个遇见
它已孤独多年。
登上牛角鞍
我想测量一下深谷的深度
想测量一下命运的高度。
山体犹如一尊大佛
已安然入定。
我带着足够敬畏的虔诚
坐在草地上，我要和草一样低
与一块大石头一样抒情。

资寿寺

在资寿寺看云
听钟声。
木鱼
梵音
诵经声，都来了。
一座寺院
一定记得光阴的年龄。

满寺的青萝都是挂在高处的经文。
几片老叶子飞来飞去，不知来去
我感受到了幽静
却还是说不清楚玄虚与隐秘的壁画。

王家大院

走近八百年的岁月
阳光变得更加清清亮亮
一只蜘蛛
正在檐下织网
有落网之虫，也有漏网之光阴。

礼仪。古训。诗经
浮现于照壁之上。厅堂昔日的人影
已成为名字的化石
有关他们的秘密
有迹可循，又无处可觅。

我只能抚摸着一棵老树。
拾起地上一片枯黄的叶子
悄悄地
放在我的书里。

李引弟 女，60后，毕业于山西会计学校，现就职于山西省原平市机关事务管理局。红门书院写作营成员，原平市诗歌学会会员。诗歌作品发表于《梨花》《诗海潮》《崞风》《三晋都市报》《原平时报》。

今生，遇见灵石（组诗）

◆ 李建华

“狡猾”正名书

从人间升起来，在靠近阳光的地方
我把渗进体内多余的东西掏空
如此，我才配和落叶松、红桦、檬椴为伍
才配和林秀溪、珠帘瀑合影
才配进入到它的客室与它的家族
比如骆驼，比如马和羊群
比如狐狸，对，狐狸，这个高贵的牛角鞍主
此刻，她就在我的身边
像我刚刚认识的一个女子
我从她的眼神里一点也看不出狡猾
我伸出手，她就走近我
哦，太可怕了，我再一次审视自己
是否彻底地掏空了
这些年，我生存的空间强悍
早被逼成一只狐狸

请允许石头开口说话

今生从来没有听见一块石头说话

这砸向地面的拳头啊，我的神
请允许河流清白
请允许空气清新
请允许青天白日在人间占到绝对的分量
请允许铁石开花

自省书

你说我一个姓李的人，走进王家大院
需要谒祖吗
显然不能，如果能
那就是抱错了根，好像是这样的
可是，我们抱着空无生活了这么多年
愚顽的枝头结出精明的果实
离根越来越远

一群无家可归的孩子
一群蒙尘的还乡人
一群群在无边的世界里触摸不到良知的人
开始整体迁徙
在他乡剥开方言的外衣
盲人摸象般寻找最深刻的记忆
还能回得去吗？
从王家大院高墙下走过时
一面石镜里，先人的家训
恰如一道皮鞭：
见富贵而生谄容者最可耻
遇贫穷而作骄态者贱莫甚

在介林，我一头磕下

介子已成后人心中的王
重耳当屈膝下跪，在母子柏前
置釜煮己
否则难以原谅

在介林，我一头磕下——
如果有一天我客死他乡
请把我的骨头带回
这是我留给子孙最后的星火

石膏山是一座天空之城

草木皆朝着阳光，向上生长
水流向低谷，天空辽阔
石膏山宛若巨大的天宫
这座天空之城，法理井然
从南天门到天竺寺
成长的路上，我们一路辗转
每抬一步，就离世俗远了一分
虔诚就长了起来
铁佛寺罗汉殿前
我看到公正的权柄之上都写满慈悲
哦，诸神在上
请原谅我多少年来在人世间
为了守住一颗良心，一事无成

李建华　黎城县民间文艺家协会主席、作家协会副主席，山西省女英烈研究会理事，黎城八路军文化研究会副会长，炎帝文化研究会理事。有各类论文刊载于省内外学术期刊，古学释义、诗歌、散文见于省市报纸、杂志，执笔编剧的微电影《妈妈要回家》获得2016年长治市电视台举办的全国微电影大赛最佳影片奖。热爱诗歌，热爱生活。

灵石行（组诗）

◆ 李 霞

又见白狐

九月的亚高山草甸，绿色素
正从芨芨草体内一点点抽离

灰兔子吻过一朵虞美人花
迅速向东窜去

一只白狐有着忧郁的眼神，白色皮毛
仿佛那场大雪，陡然醒来

而岁月已结痂，没有谁再去过问
年轻的伤口

我们也不再是执念很深的人。滚滚红尘中
从来都是遇见，而后错过

滑道下山

在石膏山，草木钻出崖缝
努力向上生长

流水向下，荡涤着昨日尘埃
落叶是用旧的行囊
仅够渡化小小的蚂蚁
天竺寺的钟声里，装满
世人祷告

而下山的 1500 米滑道，仿佛人间
多出一条坦途
和着高高低低的尖叫，便起伏成
一首抒情诗的句式

在爱情谷

树木葱郁却不蔽日
阳光挂在叶片上，像一串串旧风铃
摇晃着时光

溪水是群野丫头，她们抛下
湿漉漉的笑声抚过石头
绕过石头
甚至不顾一切扑向石头

所有的石头都不声不响
就像所有的爱，都敛去了
锋芒

王家大院随想

最让人惊叹的，一定是
那些石雕、木雕和砖雕
它们出落成一株株草木
一只只祥物
一个个典故
蹲在门前、立于墙上
守在窗棂

它们以自我打磨的方式生出光芒
就像那些王氏子孙
在百年之后
仍守着一句句祖训
出门“视履”，居家“友竹”

李霞　女，1983 年 10 月生，山西省晋中市平遥县人，小学教师。晋中市作家协会会员，晋中市诗歌协会会员，平遥翰正女子诗社成员。2014 年开始诗歌创作，作品散发于《山西日报》《飞天》《大观》《淮风》《九州诗文》等报刊。2017 年出版诗集《一荷月光》。

石膏山天然崖柏馆断想（外一首）

◆ 孟繁信

在无人能到达的高处独立思考
一条额纹的成熟大概得上百年

裹着暴雨的雷电常在身边逼视
厉鸟毒蛇仇恨蹲守的多余物
用时间把硬岩撑破
也抱着宝石相互取暖

形象似是而非，内质却十分劲道
像写意的中国画，或苦涩的中药
随山体的颜色，熟视无睹地生存
等人类发现时，已经是孔子的年龄

长寿的根，泛出生命的微香
驱逐邪恶，也自营婀娜
越是挤压逼迫，越是丰姿卓越
也可能，永远是自赏自恋的孤傲

绿色被岁月剥离时，生命才开始升值
一团根，就是一座山体的分量
一壁崖，就是一个朝代的路径

在一堆丑石里找回自己

后头街，一群被古道硬化了的丑石
几张比老槐树干更沧桑的脸
把烈日筛漏成飘忽的斑点

比古槐更老的乡语，比丑石更硬的记忆
五十年前就在这里肆无忌惮地泛滥
城市也曾因乡语而梦游，因记忆而迷乱

一个乳名的喊出，让三十年的自尊褪色
常被镜头拍到的表情，又露出没娘孩的底纹
我一直没走过那座弓背驼腰的拱桥

孟繁信 1958年生，灵石县南关镇仁义村人，民盟盟员。中国散文学会会员，中国诗歌学会会员，山西省作家协会会员。晋中作家协会副主席，晋中诗歌学会副主席。曾任县文联主席，县作协主席。著有诗集《没有经验的成长》《低空滑翔》，散文集《包容的感动》《百物心语》《斑驳的阳光》《后头街：野性的智商》，报告文学《从逃荒路上走出来的院士》《含着泪水微笑》，中短篇小说集《女人的形式》，长篇小说《低谷回音》等十三部，发表和出版三百万字文学作品。四次获“晋中文艺精品奖”，获第四届“晋中文学奖”；散文《青山龙谷》获2011年全国散文作家论坛征文大赛一等奖；《斑驳的阳光》获首届“石膏山杯”全国征文大赛的大赛奖。出席第五次、第六次山西省作家代表大会。

石 王

◆ 马鸣信

你的星球圆润　村庄温暖和谐
不知那股风　来自
内部　外部　还是勾结着
疯狂袭来

剧烈破碎的尖叫　无法比拟的炸响
树干垮塌　树叶飘零
你的星球霎时分裂
家园化为碎片 洒向太空
你紧抱自己
流浪　流浪
成了如此倔强的模样

人间叫你飞来
看你紫酱的面庞 定是
被无数坚硬灼伤
浑身陷下的坑洞
像是经长期战乱后的城墙
可你内心透露的坚定
星星似的光芒闪烁
足以把所有的瞳仁点亮

世间的过客
一次次将你凝望　抚摸
和你站在一起　与时光合影
亲切地叫你石王

充满故事的地方　总让人
止不住向往　携亲执友
不厌其烦　寻迹问踪
全因你是石王

马鸣信　1957年生，稷山县人。中国诗歌学会会员，山西省作家协会会员，太原诗词学会会长。出版有诗集《最美的东西全在土里》《挑灯云水间》《半弯月亮》三部。曾获2007—2009年度赵树理文学奖诗歌类提名和2014—2015年度太原·晋中优秀诗人称号。

在天竺寺（外一首）

◆ 牛梦牛

一只瓢虫
落在我的左肩上
它身上的星辰，使我相信
这是来自另一个
世界的高僧
它视我的肩头为法场
打坐，念经
似乎要将我超度

它无言的善
它翅膀振动时
几不可闻的嗞嗞声
在我耳中荡漾，似钟声
似梵声——

在灵石，初次触摸大陨石

当我的手
触摸到它冰冷的身子
那瞬间，好像
被电了一下

——仿佛两个遗世而立的孤独者
初次接触，就摩擦出
沉默之花

牛梦牛　真名牛梦龙，1977年生于山西高平。中国诗歌学会会员，红门书院写作营成员。作品发表于《星星》《中国新诗》《诗选刊》《诗潮》《延河》《黄河》《山西日报》《九州诗文》《天津诗人》等省内外报刊。有作品入选《2016中国诗歌年选》等选本。

偶遇虎皮松（组诗）

◆ 裴彩芳

偶遇虎皮松

像遇到我的亲人，像山林深处
承包百亩荒野的哥哥站在我眼前
像一股老泉从秋蝉的紧密中缓缓流出
我如此熟悉这一切景象
它却不识访谒人

白皮松裸露着美丽的虎皮纹
在微风中轻轻抖动
洁雅的树皮有家乡的柔软和不舍
有亲人在我童年的半山腰奔波

我知道这一切是他乡山水
却与我的故土如此相似
风吹蒲草，金色流动
闪烁的光影铺满万顷林源
它也如此眷顾人间万象
对云曰：夜不来，我不走

红崖峡谷

去年的红叶此刻还是绿的
躺在黄色里的花朵露出半张脸
擦边而过的树木撑住酥松的骨头
使劲摇晃，它要凸显什么

阳光射在树隙间，溪流是白色的
它的白像眼角闪烁的泪花
也像心深处偶尔萌生的孤寂
（从未消除，越来越深）

我一直回忆去岁黄叶飞飘时
谁在我的前边？身后
谁倚着我左臂膀？谁的手搭在我右肩上
而今，我把故事记在桃心的锁中
积累着相遇、相知、相念
向红岩峡谷深处慢慢地走

王的城墙

挺着坚实的厚背在夕阳中越拉越长
走在游人中的我听着解说
以望月亭为背景、以摇曳的树
砖灰色的飞檐、斗拱、屋脊为侧影

城墙上飞奔的少年一边跑
一边叫着时空穿越、我的城府

一边把红色气球吹向空中
挂在白色云卷上向游人招摇

我摄下王家主房窗口的猫儿洞
和踏上绣楼时已磨蹭光滑的雕花
风烛残年中隐约的回音从对面返回
细碎的脚步向远古而去
它的臣民无论老少、贫贱、富贵
依然在历史长河中轮回

滑　道

传来时间流淌的声音
岁月苦难留在磨损的护垫、手套上
细微的环节诠释着生命真谛，把住方向
控制间隙、兼顾前后左右
与更近者保持距离

速度之快使我无法留下瞬间的美景
一扫而过的层林尽染，草木凋零
和忧伤、短聚、别愁、不散宴席
薄云与欢呼、雀跃掺和着林间虫鸣

落脚处我对着大山招手，光华陆离中
飞翔中的影子纵身一跃

牛角鞍上的阳光

金黄色的牛角鞍上聚集了一群

五颜六色的现代人
坐在阳光中倾心畅聊、并膝相慰
草甸上的眼睛回眸一笑
初寒的风就融化了所有的绿

仰卧的裙衣恰似丛中花朵
追着一只白狐聚焦在所有的言辞
给我们的行程添加了无限神秘

我从凹凸不平的山坡上掬起一把落松针
走在三尺木椽镶嵌的小路上
我多想抓住秋色中的浓？放下一些熟谙
双手相合时，一个名词潜入
一个留在生命中的痕，是啊
落松针铺满了灰黄的草甸
她在心仪的秋黄里走失

裴彩芳　女，常用笔名静河，山西临汾人。山西省作协会员，临汾市作协副主席。20世纪80年代开始写作，文学作品散见于《诗刊》《星星》《诗潮》《黄河》《山西文学》等刊物。有诗集《钓月的人》《益母草》《散十四行》《午夜的探戈》《石斛兰》《紫露秋黄》。曾获2009年《黄河》年度诗歌奖，临汾市“五个一”工程奖，《平阳文艺》优秀诗歌奖。2013—2015年赵树理文学奖。

石膏山（组诗）

◆ 任重阳

一

终于登上南天门。索道
丢在了身后，那一颗悬空的心
也终于落地。在缆车上
眼中的世界惊心动魄。
终于登上南天门，倚墙而望
满山的风景不慌不忙
来时的道路已经失陷
人世略显遥远

二

红叶上的水珠一动不动
台阶向上，台阶向下
涧水中传来隐隐的钟声
所有的静谧都紧贴耳根
关于流传的故事，关于
那些陌生的名字，正从我眼前
一一掠过。昨天有雨
所以，我喜欢这透红的心灵
万千的重叠，多么像倾尽相思的爱人

比如落叶，比如秋风
比如大地上越来越多的温柔事物

三

起雾了，我许下的心愿
都留给了雾中的石膏山
山间小径曲曲折折
似有似无地呈现，山中的风
不紧不慢，冥冥中
仿佛有神灵降落
你看路边婆娑的树叶
你看身旁浮起的云烟
你看山顶安静的庙宇
你看林间低飞的鸟雀
你看人们轻捷的步履
你看天空闪现的光芒

任重阳 笔名重阳。1972年生人，天津师大中文系毕业，现居山西原平。中国诗歌学会会员，山西省作家协会会员，红门书院写作营成员。20世纪90年代中期开始诗歌创作，迄今在省内外各大刊物发表诗歌三百百余首。

时光可以如此怠慢

——灵石诗行

◆ 任高杰

灵石的空气清新如新

昨夜有小雨过境
灵石的空气清新如新
宾馆的小广场上
晨练者心无旁骛
手臂拨弹丝竹之音
白鹤亮翅，野马分鬃
收起、平放、然后半蹲
这些，让旅居者的心底
柔软而又洁净

多好，时光可以如此怠慢
仿佛一个分解式
就是一场完整的人生

冰雨拍打着牛角鞍

海拔高处，是小蒿草
苔草和圆穗蓼们
金子般的光辉岁月
它们相拥相亲
又同仇敌忾
拒绝乔木的抵达

站上“牛角鞍”石雕的一刻
我有恍若隔世的感觉
青春和理想也仿佛不曾来过
如同车窗外一闪而过的红桦
薄薄的鳞片华贵而又清脆
那随时准备脱飞的样子
犹如这登顶的双脚
一次次沉重地放下
如同卸下了一节节尘世

隔着雨披，隔着眼角的
隐忍和热，我看到
冰雨拍打着牛角鞍
像在安慰离散的孩子

林秀溪的流水荡漾如镜

红崖峡谷的雨是冷的
爱情和欲望却荡漾如火

就连久不回忆的中年
也加快了踩踏石阶的频率

那一片片红叶
却带着心形的嘴唇
迫不及待地飞离枝头
顺流而下，去往人间

人间有爱，红男绿女熙熙攘攘
可又横眉竖目，泪眼生怨
青春是多么仓促的句子呵
林秀溪清澈如镜
有太多的尘埃，让它蒙冤

车进资寿寺，又匆匆逃离

有什么是难以放下的
什么又被轻轻托举
来资寿寺，我没有沐浴斋戒
我带来了人间的羞愧

原谅他们吧，这一暗再暗的
天空。枕头窑贯通着
神仙们互相打量，并不在意
脖颈上的伤痕
那从四面都直视你的眼神
让人心逃无可逃

没有一片叶子愿意被带离故乡

山水间的灵石
仿若待字闺中的女子
长发及腰、日日丰盈
我在山水之外
望你嘉宾如云、鼓瑟吹笙

车轮启动的时刻
我藏起了私心
回望秋日里
流动的山岳
那满山红叶举着火焰
试图压住一座山的不安

我知道，红叶是慷慨的
却没有一片叶子
愿意被带离故乡

任高杰 1969年8月生，山西省洪洞县人，民盟盟员、洪洞县政协常委、临汾市政协常委。临汾市作协主席团委员，中国诗歌学会会员。早期诗歌发表于《中学生文学》《青少年日记》《火花》等杂志；近年来在《扬之水》《平阳文艺》《晋南作家》《连云港日报》《山西文学》《山西日报》《诗歌周刊》等报刊发表诗歌作品，获奖若干；有作品入选《2015山西文学年度作品选·诗歌卷》；出版有报告文学集《西北望、射天狼》等。

王家大院（外一首）

◆ 任玉伟

二十四匹骏马已走得很远很远
两只灯笼仍登高远眺

豆腐飘香过的大院
每一块墙砖都有豆腐的影子

当一群口吐莲花的诗人踏入红门堡
屋脊上的秋风也选择沉默

石壁上的鲤鱼，在龙门前跳跃
那劲头，仿佛要跃过龙门，跳出石壁来

古人的匾额前，我多想再加一笔
一个叫祁儁藻的人却早来一步

疲惫的钟鼓仍旧不放弃每一次晨暮
失散的孝义坊，总有一天会循声而还

在资寿寺

一座寺庙的劫，待解
有缘人，跨海而来

罗汉的脚步，走不出一座寺庙的庇佑
祸与福，像晨钟暮鼓的交替

我在佛前轻轻地问
远游的斋饭，香否？热否？饱否？

任玉伟 1974年出生，山西省灵石县人。灵石县作家协会会员，就职于灵石县公安局。

灵石行（组诗）

◆ 宋清芳

灵石，陨石

挨着它，我听到了天空心跳的声音
用手触摸它沧桑的肢体，遥远的呼吸就应运而来
绕着一块太空之铁走三圈，仿佛银河系早已盘坐此地
你看到的辉煌灯光，都是它历经的火劫

慢慢坐在它身边，你的身体稻麻竹麦疯长
你的日月星辰，有了它灵性的加持
一座城因此有了诗歌宏大的留白
我因此彻夜难眠，相见恨晚

天竺寺

经文刻在汉白玉护栏上
登一级台阶，念诵一句
俗世就短了几分
等我路过观音壁画，低头穿过经幡飘舞的楼台
等一群人已经走远，把余音留在蜿蜒的小径后
等预备跪拜的身体，因妄语逗留在大殿之外
我似乎走完了一生

似乎刚刚所有的经历都是一场大梦
梦中你们刚来，他们刚走

在王家大院

一间房子挨着一间房子，砖雕木雕的图案
在我们的镜头里做着各种各样的陪衬

于是，大院整天是热闹的繁华的
那么多的人白天来了晚上走了
那么多的房子窗子瞪着空旷的眼睛
看着忙忙碌碌的人流

我在一个大水缸前静静地看着里面躺下的钱币
在一座锁门的绣楼前隔着门缝
把里面的桌子椅子床帏和生锈的锁
用目光一一翻新

在介林

在介林，我不敢更深地进入历史腹地
不敢以卑微之身纪念一个人的忠孝两全
不敢大声说话怕惊动附着的神灵
不敢过多接近鲜艳的月季，和青松

手摸站立的砖石，背靠青天白日
抬头望介子推雕塑巍峨，对面大山重叠着孤影
忽觉自己也是被翻新的土堆和草木
不过是历史多了些内容记忆苍生，让我能从此处

入驻彼地。能以它们，记住我

在红崖峡谷

来得早了，红崖峡谷叶子未红
来得晚了，高山草甸已经枯黄
一成不变的是流水。它们分不清彼此
就说不出虚妄之言，违背尘世

树木变成路是不惊奇的，从山下到山上
踩着它们，总有些心疼
倘若路遇白狐，请认作自己
偶尔拣一片黄叶，看清楚它的脉络
就不会因为断崖危险，而勉强抒情

那么多人路过了我
我是最后一个抵达牛角鞍的人
是最后一个因为留恋荒草
跪卧土地的俗人

资寿寺

黄昏把我们的影子，烙在资寿寺的红墙上
我们把黄昏，缝进十八罗汉俯瞰的光影之中

法王古刹深陷秋色，被平分的
是一群人打开灯光，照见的罗汉容颜

悲的，苦的，惊的，怜的……

这些经历大劫回归的菩萨
这些浓缩的人间，被一座寺庙覆盖
被十八位尊者，旋转法轮

红崖峡谷，路遇白狐

走得太近，它就循着原路返回了森林
你只要慢一点，轻一点
压低身型，让内心的爱恰如其分地抒情

不要看作前世的情人，伤太深了它记不住
也不要认作兄弟姊妹，情太浓了无法往生

把它当作自己吧
一个着白衣的居士，幽隐深山
杜绝繁华。朝吸天地精华
暮归悬崖绝壁，在牛角鞍长啸云天
于花草四季，看穿轮回

宋清芳　女，曾用笔名山丹芳子。山西省作家协会会员，山西省诗歌研究委员会朔州市分会秘书长。现为《朔风月刊》编辑。作品发表于《诗刊》《星星诗刊》《诗选刊》《鹿鸣》《诗林》《诗潮》《延河》《青年文学》《散文诗》《中国诗歌》《山东文学》等刊物。第十六届全国散文诗笔会代表。

石膏山，原谅我才发现你的美

◆ 宋晓明

我用十年时间去做一件事情
包括写字，行走，去和一个朋友相处
做好一件事情，这时间还远远不够
譬如去爱一个人，爱自己的国家
那需要用尽一生。我活着爱
如果能够，我进入坟墓，死了也会继续思念
石膏山，多么熟悉，又始终陌生
就像我熟悉阿尔卑斯山的名字
落基山、富士山、阿里山、喜马拉雅山
还有泰山、天山、峨眉山、阴山、武夷山
五指山、庐山、黄山
有多少山我知道名字却没去过
石膏山，原谅我吧！本该多去看你，就像
我本该多去好好做喜欢做的每一件事
但凡事缠身
我白天无法去见你，就夜里梦你
海拔两千多米的身躯上每一块石头、每一枚红豆般
的叶子，让我喜欢
山泉清澈成洞中寺庙里的梵音
经声缭绕了云朵
一尊巨大的卧佛体态端庄
四周一切都渺小、安静

宋晓明 笔名北左河，生于20世纪70年代末，山西灵石人，现就职于灵石县委新闻中心。晋中市作家协会、诗歌协会会员，晋中市中华文化促进会理事，灵石县作家协会理事。文字见于《阳光》《火花》《散文选刊（原创版）》《海外文摘》《乡土文学》《辽河》《绿风》《诗歌周刊》《河南诗人》《九州诗文》《读者》等。有散文《大地穿行》获国家级二等奖；有诗歌曾获各级奖项。

在石膏山（组诗）

◆ 申有科

索　道

在石膏山，最陡峭的地方
有人修了索道
我们被关进不同的鸟笼

依靠铁索
我们学会在蓝天中飞翔

笼子落地的时候
我和几个同行，本能地
收拢了一下翅膀

像一介草木在雨中行走

雨中的沟更深，红崖的两岸是左膀右臂
我可以略偏右一点，同时给左边的草木留有余地

雨下得水更滑，红叶微醺
偶尔有一篇顺水飘来也绝不是我的爱情

在谷底，我唯一可以做的，
就是和草木一起游走
从阔叶林到针叶林，从九百米到两千六百米的高度

在红崖，我栽种自己，任何土壤和气候
都可以表达我一生的崎岖

一堆土在风中捂紧伤口

时间接近闪烁，历史也渐渐变得语无伦次
像一场接近山林的善意的火
短暂的温暖演变成一次图谋

或者说，这本身就是一次图谋
当三面大火渐渐合围，再无退路，深秋下
那堆六丈高的土，只有捂紧大腿处的伤口
才能在大火褪去后，活下来

是一小块的黑，把灵石照亮

这是灵石街头一个黑点
五尺方圆的墨迹，更像草书时不经意的行文
有镂空、雕琢后半文言的败笔

那是夜半，争吵之后义无反顾的决然
一部分化作火焰，一部分落地为安
一部分躺在晋阳湖中变成沙粒

而一部分如鲠在喉的语言

倒立着
像极了我当初咽了又咽的，那半句诺言

资寿寺十八罗汉

累了，就坐下来
天下初定，君王忙于笙箫
阴间的鬼兀自打着旋风

该歇一歇了，被雾霾劫持的祥云
重金属滋养的莲，还有拿得起放不下的法器
都该歇歇了，包括兰花指这一个特定手势

该歇一歇了，如同老农一头扎在麦场，
这寺庙刚刚重修
香火，供品，虔诚，人声鼎沸

是该歇一歇了，那些在庙宇里游走的僧尼
那些居士，那些双手合十，伏地不起的信徒，
风吹过来的梵音，偷过灯油成了精的鼠

可以歇一歇了，你看这松一阵紧一阵的念头，
多像懒散的木鱼，你看那坐姿多么随意
可以挖耳，可以脱去上衣，可以慈祥和狰狞，
可以盘着腿，可以把脚趾从僧鞋里吐出

既然坐下来了，就可以耳语，就可以畅谈高论
就可以缄默，面沉似水

当然，也可以冷不丁地腾空而起，像关羽那样，
面如重枣，跨赤兔，
在空中大喝一声：还我头来！

申有科 1969年7月11日生，山西省和顺县李阳镇南坪村人。九三学社社员、中国诗歌学会会员、山西省作家协会会员、晋中市诗歌学会副秘书长。作品散见于《诗刊》《诗选刊》《诗歌月刊》《诗歌周刊》《中国诗歌》《黄河》《山西文学》《山西日报》《三晋都市报》《都市》等国家级、省级报刊。著有诗集《一只鸟眼里的世界》，文集《无关风月》。获“美丽中国·2013汉语诗歌2013年度最受读者喜欢的优秀诗人奖”。太原晋中“双合成”杯2012至2013年度新锐诗人奖。2014年获第三届晋中文学奖。

灵石帖（组诗）

◆ 王国伟

灵石路上

关海山夫妇和我
搭上了申有科的宝马
天色暗下来，车灯显得就亮了
呼呼的风声，仿佛这匹黑马飞扬的鬃毛

我们一路都在谈论莫名其妙的话题
什么死啊，生啊，车祸呀，奇遇呀
不可抗拒啦，葫芦娃啦等等
不着边际的真实故事或经历

然而目的地是灵石
是要朝觐一块石头
从天上掉下来的石头
它是灵异的，就如申有科的心脏

他今天一直马不停蹄地接送亲友
在这个“无车日”，不惧风险
在太原的街道间穿插行进并不出意外地
遇到堵车、走错路、等待、突围

躁动之心，逃离都市的困局
这个铁盒子似乎是有灵性的
在被灯光挑开的细线上迅疾地飘动
向着一块石头钟情的地方冲去

三百里外，早已星光璀璨
觥筹交错间滴落的不是烈酒
是一哨流星雨降临大地
他们的兄弟，久久地等在那里

灵异的话题，让我不停地听见心跳
我仿佛看见一块石头在招手
突然就着了魔。抱起硕大的酒壶
旋舞。在宏大的夜色中看见
远方，灵石的灯火

灵石帖

来看你，来读你
读石，如读帖，如读天书
天书是散漫的，而石头凝重
或许你并不是石头
而是铁，是女娲娘娘家
调皮捣蛋的孩子

铁锈的颜色，实实在在地
包了浆。早已违背了我所见过的
石头的色泽。那锈色
乃是秀色。它沾染了时间

散漫的雅光，一点儿都
不耀眼

它要心

问　石

你的时间里
有没有 1958？
你这憨娃
你要感恩
这里的人民

死鬼，你在这里
被人们称为灵石
你是否真的有灵？
你若有灵
跟我走吧

石膏山断想

洁白呀，无瑕呀
对我都没有意义
石膏是不是只能做像？
偶像呀，神像呀
而像又能引领我们什么？
我只看见高山云天
或绿或黄，或红或蓝
犹如在风霜雪雨中焗油一样

露出本色

白只是底色
我仰望的
是我需要感恩的
五光十色
仅仅五光？十色？
如果到了时节
何止如此

缆车悠悠悬荡着，停了下来
后车仿佛要追尾
故障？就如申有科说的
心脏的骤然停顿与苏醒

黄栌翠柏，霜露未重
慢些走，且听邻人语
让它们更深地
渗入我心

如果有秋风
事实上
它都被我们饮用
大风起兮
一草一木
都要变色

滑道在山林间
隐隐约约，如脉动的

血管。我花了四十多年
才登上了山巅
而在这光亮的石槽中
还未来得及看那树叶间
斑驳的光彩
倏忽一下，就溜回到了
象鼻上的童年

一座山
和一块石
其实是一样的
在它跳跃逃离的时候
就如凋落的叶片
它向往这绿色的天空
和黄土织就的家园
却忘了身后
深蓝色的大地

王家大院

再次来这里
犹如回家
有些家
需要买门票
才能进去

没有什么大的变化
游人依然很多
天下王姓人已经最多

如果都免门票
门槛肯定被挤脱

数百年庞大的院落
哪一间也不属于我
我和慕名而来的游人一样
只是过客。遥远的先祖
一砖一瓦砌起来的
是王的寄托

王俊才是我兄弟
他带我到别院欣赏碑拓
我一眼看中一幅醉意洒脱的米南宫
俊才兄从墙壁上揭下仅剩的这幅拓片
就如赠给我一块沉重的灵石
而最让我诧异的是第二天一早
在介林的碑廊中竟看到一块残碑
“苏溪资寿”，米意盎然
抚石慨叹，心下欢喜
石有灵，字有气，情有缘。
真实不虚

“砖石有灵，也会走动
耿彦波修复王家大院时
用了许多代县的古建工匠
二道院门前那座砖雕精美的大照壁
就是从我们张家大院拆迁去复建的”

那天我站在代县张家大院门前

弟弟的岳父张先生
指着我在王家大院的一张照片
肯定地说："就是这座。"

"寅宾"门外，暮色正好
碑刻门匾的字迹似乎比上次来
多了些尘色。就如白发
正渐渐笼罩我不再年轻的头颅
我有可能踩住自己
三年前留下的脚印
却记不住那天是阴晴，还是圆缺

王国伟 1971年生，山西代县人。文学创作二级。中国作家协会会员，鲁迅文学院第19届高研班学员。现任山西省作家协会诗歌委员会副主任，《黄河》副主编。已出版诗集《相思树》《神话》，文集《云心乃水》等作品。曾获《黄河》诗歌奖，赵树理文学奖，国家广电总局优秀电视剧剧本奖等奖项。

盛 宴

◆ 王长青

九月风和日丽
九月阳光明媚
九月姹紫嫣红
九月山花烂漫
九月春华秋实
九月生机无限
是盘点
是启航
灵石文化展示着自己的形象
诗意灵石声名鹊起，名震八方
文人墨客
高手云集
吟诗作赋
皆成文章
灵石园一派生机，致辞热情洋溢
倾吐着灵石人的实在和情怀
抒发着宝地的花絮和灵光
我与你久别重逢
你与我千言万语
推杯换盏
开怀畅饮
一波一波

欢歌逐浪
倾吐着久别的喜悦
交流着诗意的时光
和谐互联
文化共享
灵石文化
昔日华丽
今又辉煌
大美灵石
隆重登场
新人新天地
出手不寻常
迎接十九大
谱写新华章

王长青　现任天星集团董事局主席、山西省工商联副主席，山西省作家协会会员，灵石县作家协会名誉主席，《当代诗人》副主编。本人热心社会公益事业，积极支持文化事业发展。

灵石册页（组诗）

◆ 王志彦

石膏山

风吹石膏山，辽阔的草木胜似水墨
鸟鸣戏水，百花出浴。诗篇与典故
漫过线装的诗意画卷。古柏树抒情澄明
五龙石天然丰润。万顷诗意的春潮
让瓷质的龙泉湖搅动了北中国仙境的微澜

一些钟鼓声挽留过的红叶，群山之内
白洋河即将抵达的命运，这多好
灵石山水，每一个生命都怀揣一颗善美的
种子，一只白狐感恩天竺山的襟怀
一棵古崖柏直通石膏山的心跳

那些遍地的诗意，矜持中有抒情的留白
它们等候在石膏山神韵的平仄中，丝绸一样的时光里
弥漫着钻石般的依恋。而石膏山的瑞气
让人间繁华无止无息，像阳光无限如仁善
每一寸土地，都湛蓝、澄澈，充满了世外的诗意

龙泉湖

石膏山一直囤积着月光，仿佛
在比拟傅山诗句中孤独的分量
月推龙泉湖，爱的密码被每一朵浪花
轻轻诵出，像一株古崖柏呼喊另一株
直到把思念呼喊成无边无际的忧伤
这是上帝没有温度的眷顾，它们安静
无限地接近尘世，除了人间烟火
看不到尽头的是湖水波光潋滟的宽恕
而整个龙泉湖，在月色无限深处
像一张旧绢，有着高贵的血统
从多彩的石膏山曙光中走来的美人
在人间的倦慵里，仿佛一粒翡翠
沉浸于云水谣曲的抒情
而一叶扁舟弯曲的诗意
是龙泉湖最初的光芒，除此之外
星辰也毫无意义

悬泉飞瀑

神流三千尺。我爱这奋不顾身的山河
和毫不抽象的美学。爱一道湿润的光
涌入石膏山涓涓不息的澄澈

什么才是瞠目结舌的流逝
什么才是石破天惊的诞生

这济世的水，就是美的暴力
这升华的艺术，就是灵魂的再生

唯有这飞瀑兼具诞生和流逝
在石膏山，一颗失败之心
用怎样的虔诚来匹配这盛大的祭祀

红　枫

红枫景区，光阴无尽
把爱情的密码搬迁至石膏山来破译
万株枫树，只是平衡一个名词骨髓里
堆砌的乱世。古枫树怀抱爱人的住址
和眷恋，让永远无法返乡的旧人
在肥美的枫叶中，饮酒，怀念
把具体的爱慢慢虚化

想要给时间一种颜色
不是不可能的，那一片又一片摇曳的红枫
多像思念被牵挂搅动

“爱，就是结伴逃生
并顺手把不甘心的日子拉出火坑”

白洋河

在石膏山的风韵中，白洋河的光芒
是突兀的，她内心的圣歌超越了水的流向
给一座古城带来如此惊鸿一瞥

这是灵石，每一寸土地
都清旷绝尘，都不会排列出新的秩序
在时代的合唱中，依旧是最清冽的那一声

而每一滴白洋河水，都存向善之美
她生生不息，接近了人间。月光千顷
是白洋河水悲悯尘世的另一种样子

天竺寺

1

天竺寺是杆树岩的一只眼。在娑婆深处
就是一座海，默默地喂养着混沌的石膏山

在灵石，风情万种的草木盖过乱世的荣耀
抒情者在隐匿的闪电中捕捉时代的神迹

有没有多余的悲苦写尽天下愁，南天门逐渐变亮
舍身崖一颗光明之心，汹涌着天使般的盐粒

2

天竺寺外，清风打开了林海
和一棵古松的夙愿，一只鹰是石膏山的另一种意境

觉者之书写，确立了新枝之繁茂
辩证之阳光，奠定了生命之秩序

万物在决口时，总有大梦初醒。就像
一株枫树，在斧痕中有了决绝的回眸

3

每缕香火中必有一颗灵魂俯身自救
每颗汉字中也必有一块骨头支撑红尘

而在历史的钩沉中最初的细微的召唤
源自欲雪又雨的开明和孤独无助的诗篇

此刻，天竺寺的飞檐上飘浮着来自良知的敬意
在信仰喊出“疼”的时刻，天竺寺的光芒从此开始

王志彦　笔名山西雁，当代诗人，山西屯留人，《太行诗刊》总编。已在《诗刊》等报纸杂志发表诗歌、散文、报告文学等百万字，曾获得“第二届李白诗歌奖”“第二届中国天津诗歌奖”“第三届中国曹植诗歌奖”等全国文学奖项八十余项；诗作入选《世界现当代经典诗选》《新世纪好诗选·2000—2014》《2013—2014中国新诗年鉴》《2014中国诗歌排行榜》《2016中国散文诗精选》《中国2016年度诗歌精选》等多种选本，出版诗集《低处的火焰》《雁行书》《良心书》等。

触摸灵石（组诗）

◆ 王晓鹏

触摸灵石

晨风微凉，在灵石
我用体温唤醒亿万年的炽热！

该怎样书写心中的澎湃，
面对一块石头沧桑的眼眸，
我相信路途艰难，也相信前程辉煌。

列车跟着一道河流远去，
奔跑的马背上驮载时代的激情。
九月的灵石，用另一种情怀爱我。

远古的象群踩着一路吉祥的花朵，
我的触摸中有呼啸的火焰……

天竺寺

信佛的女诗人转动念珠
一尊佛从我面前经过
清茶一杯荡涤胸中污浊

鸟鸣纯净，不染尘世一丝烟火

介耳搀扶我走下陡峭的石阶
放慢脚步不抖落星点尘埃

峭岩上一丛红叶如烛燃烧
照亮了上山下山的路途

倚在崖壁上听钟声飘远
放眼四望，满山皆佛……

石膏山

对一个名字我们有太多偏见
对一座山的认知刚刚开始

不说山峰直插云霄
不说松柏树郁郁葱葱
不说峡谷深处飞瀑流溅

路边野花细语岁月沧桑
鸟儿飞过的地方，到处是唐诗宋词
山间古寺绵延的香火依然缭绕
站在南天门，遥听古刹木鱼轻敲

一群追诗的人追着历史云烟
诗句和蝴蝶一样轻盈
日出日落穿过洞开的山门

沿着峡谷走进岁月的幽深
理解灵石的高度，必须登上峰巅

回　家

手掌停留在斑驳的墙砖上
多年寻找终于有了答案

年复一年春节祭祖
灵石王家，父辈们念叨出了老茧
此刻，撑不住的泪水轰然崩塌

走街串巷，风吹回遥远的嬉笑
推开一扇门，都有熟悉的絮叨

灵石王家大院，你认出了
三百年后才找到家门的子孙了吗
面对摄像机，只有两个字
回家，回家……
两横一竖的格局过于宏大
中间加一横就是平平实实的人家
河水流远，炊烟化作云彩
随着涌动的人流我悄悄离开

逆光里我把剪影留下
等候母亲扯着嗓子喊我回来

先　人

周灵王的太子王子晋（乔）因谏言而受冷落，相传他是王氏的先祖。

王子晋是一个敢说真话的人
王子晋是一个吹笙引来凤凰的人
王子晋是一个痴爱菊花的人

音乐流过历史
菊花开满岁月
敢说真话的人做不成官

先人王子晋，是一个不会做官的人
后人王晓鹏，是一个做不了官的人
做不了官的王晓鹏，用另一种方式吹笙

资寿寺

天渐渐黑了下来
我们只能从导游的解说中
隐约看到十八道淌血的伤口

我不理解从唐宋一路走来
为什么到了今天却无路可走

木鱼轻敲，喧嚣的人群归于哑默
一路哭泣的晚风滑过屋脊

庆幸能与大唐十八罗汉相对
夜色漆漆，佛们隐遁
我的羞愧与疼痛，无人可见

爱情谷

红石峡藏不住岁月羞晕
我翻读爱情谷山水神话

沧桑古藤垂挂天空
枝叶间攀爬着斑驳阳光

年轻男女演绎浪漫故事
篱笆影子罩住了溪水喧哗

我俯下身去触摸石头凄凉
悬崖上一丛秋叶红了

多少年后谁会从这里经过
风吹走的诗句日渐苍老

在牛角鞍

我尝试着站成草木的形状
红桦白桦，红果或白果的桦楸
山坡云杉聚集，金色整齐明亮
俯下身去，进入一丛矢车菊的内心

一群蝴蝶绕过了山梁

我无意再一次回到春天的柔嫩
鸟声挂满摇曳的树枝
他们向我询问虞美人的身世

树荫下啜饮疏离的光华
一只白狐悄无声息地接近梦境
山的另一头转回走远的人声
天空飘满了云的风帆

习惯了一个人山中游走
拥抱尘世珍贵的空旷、静谧
此刻到处都是诗意的喧哗
青春的歌哭，灵魂深处涌动

王晓鹏 山西省乡宁县人。山西省作家协会会员，临汾市作协副主席，乡宁县作协主席，《西山文苑》主编。出版有诗集《永不凋谢的花季》《太池村》《敲打》《风吹着砂砾》《诗：2013》，散文集《故乡的梅》《五月的天空》等。

走进灵石（组诗）

◆ 王建峰

在红崖峡谷

舍去葛罗槭树，舍去溪谷里的石头和草
水声和树荫都是深绿的
流水有爱意
溪瀑和溪瀑间是不老光阴
水声将我从山外唤来
又唤我赶往深处
林秀溪促成了我们的相遇
静谧，明亮
我们不说话，我们不过是沿着小径
捕捉着彼此眼神
光斑是温暖花朵
树丛里一声鸟鸣就是一声呼唤吧
说出来兴许就成了放纵
我最爱你落单在群树外，静如一枚葛罗槭树叶
在红崖峡谷里
悄然挂在枝头，秋风里拂动

回到王家大院

回来了，一滴水，归入江海
一棵草，找到了土根
我们在王家大院九曲回转的街巷里漫步
我们在一块块砖雕楹联间穿行
听不听，人声熙攘
闻不闻，书卷样的砖砌窗户散发着幽香
抬头，王国伟站在探酉月形门前微笑
侧脸，王建军端详着瑞凝木雕门匾
罢了，在砖雕照壁前合个影吧，一不留神
王建峰就会走错院门
青砖，是你的，灰瓦，是你的，我们在：
继祖宗一脉真传克勤克俭，
示儿孙两条正路惟读惟耕。楹联前驻足
在观星二字的楼台上怀想
飞檐如花朵开放，角兽似丛林密布
越走越近了，越走越明晰了，其实，怎样走
我们也无法改变一个人
横平竖直耿直的模样，无法改变一座城般的大院
七百年来一直行走在三横一竖
王字状主街道端正血脉里，此刻
我们站在城中心的十字街口，向东望
城外的大道上尘土仍旧飞扬。向西望
夕阳挂在旧大院高高角楼上。向北望
列祖列宗在上，我们叩首。向南望
刻有“贞恒”二字的城楼外，前路归路两茫茫
我不走，我感觉到某种东西，一滴水，抑或一棵草

在身体里搏动，与自己的节律慢慢重合

走进资寿寺

走进哼哈二将把守的山门
我们在安放
失而复得的十八罗汉塑像
殿外站立，睡莲叶在门前花盆里枯黄着
秋风拂动着经幡
小沙弥来到殿外香炉前放下蜡烛
一支蜡烛点亮了，两支蜡烛点亮了
三支蜡烛点亮了……
暮鼓声响起
天色似明半暗，一颗纷扰的心开始明静
得失，取舍，生死
在穿过
童年到中年窄巷后，豁然开阔
我转过身
山门外长长的红墙甬道里
一道山门洞开，两道山门洞开，三道山门洞开

站在牛角鞍山巅

蓝天先于我们抵达
就像此刻，披在我们肩头的碎花云衣
在风里展开
亚高山草甸上的芨芨草无收敛的枯黄着
宛如你头发扬起
掀开了辽阔

芨芨草每一次低头
都是对远山，风车，油松林
忏悔
苔草，每一次抬头
那是向 2566 米高处，向往事
致敬

我相信我爱上了孤独的你，爱上了
站在牛角鞍山巅石头前
蹙眉远望的你，你的头发扬起
目光落向荒草，落向远方
落向来路一级级台阶，和蓝天下
蜿蜒的归途

一块陨石

我相信一块走过太空
跨过高温的铁
是从一千四百年前的远方
归乡的

还相信他在异乡
经历了漫长黑暗漂泊，和几亿光年的奔波
一棵老树般，叶落终于归根了

一块石头坐在博物馆广场上
仿佛回到山谷家中
白天看鸟儿从树梢飞过，夜晚
听溪水琴声

一个人，有了归宿
一个地方
因此得名， 因“灵石” 有了灵魂

王建峰 笔名语轩，山西省作家协会会员，中国诗歌学会会员。现居山西省原平市。作品散见于《星星》《绿风》《中国新诗》《中国诗歌》《黄河》《山西文学》《四川诗歌》《天津诗人》《山西日报》《三晋都市报》等报刊，入选《2016中国诗歌年选》《2015山西文学年度作品选》等多种诗歌选本。

寻访灵石

◆ 王太文

哪位仙子，悄悄走出天庭
满怀寂寥，在天堂的神山上独舞
不小心，扭伤足踝
踩落的一块仙石
飘落在这段汾河的岸上
它向外弥散出苍穹的秀色和光华
于是，有了红崖峡谷的锦绣
爱情谷里，那棵穿着翠绿绫绸的
檬椴，是不是她
让群山的万木暗淡
兀自站在清澈的涧水边
从游人中寻找一个人
她的眼神有些困倦
风中的衣裙依然不朽，鲜艳

王太文 20世纪60年代末生于山西长治。中国作协会员。曾参加诗刊第20届青春诗会。在《诗刊》《人民文学》《青年文学》《北京文学》《星星》《诗选刊》《诗潮》《扬子江诗刊》《诗歌月刊》等发表组诗。出版诗集《幻觉的天国》《几块崖石》《我走在我们边缘》。现在山西长治市郊区文化馆工作。

灵石古八景（组诗）

◆ 王俊才

冷泉烟雨

寒食时节，大唐无火
一个叫李商隐的骚客
披着一袭烟雨，叩响
冷泉这关绝唱

只是，时光悄悄打了一个盹
古关便瘦成一首干瘪的诗
深深噙在，一滴泉水的疼痛里

汾水鸣湍

其实
人生就是一场鸣湍的相遇

就像一条河，遇到
另一条河

一颗星，倾听
另一颗星

夏门春晓

汾水用力一推
夏门的春就开了

深居古堡的梁家小姐
站在百尺楼上，一低眉
便许给了一河春愁

百年之后
还有谁，走进一截碑石
拓下走失的姹紫嫣红

苏溪夜月

一湾溪水
就是全村人的命
一拱石桥
就是全村人的路

如今，溪水比石桥还瘦
泉眼比溪水还瘦

唯有资寿寺的钟声，散作
袅袅炊烟
起得最早，睡得最晚

翠峰耸秀

护着一座老城
也茂盛着自己

自从，它以华北最大山顶公园的角色
耸了耸肩
山上，便多了些拣诗的人

介庙松涛

这里的松树
比介子的骨头还硬

当年，日寇想掳到东洋
它举起毕生的火焰，化骨为魂
喊出最后的涛声

霍山雪霁

薄薄的雪
披在身上

仿佛披着
冬日的暖

王俊才 1968年生于山西灵石，现供职于灵石文联。系中国诗歌学会会员，山西省作家协会会员。有诗作在《中国新诗》《星星》《山西文学》《黄河》《山西日报》等报刊发表。主要作品有诗集《孤旅》《遥远的乡村》，长篇小说《静升王》《桃柳坡》，长篇传记文学《静升侯氏春秋》等。

与灵石（组诗）

◆ 无 哲

与 山

那些无形的石头
躲在土层下
掩藏本来突起的棱角
在土的内部
布满网状根系
再往上
是杂乱的青草
茂密的灌木
次生林
波谷的起伏
他们的组合没有想法
被远望的人
称作山峰
或石膏山
或太岳之巅的牛角鞍
与流云接壤
不二话

与　溪

溪的游走
携带石缝边青苔的秘密
清澈浮着一瓣落英
随了溪水的方向
与一树黄叶在潭间的倒影
不期而遇

溪已然顺从了涧里的婉转
循了跳跃的姿势
如瀑
如红崖峡谷抛下的银链
在枫叶微染时
更像母亲身上的一根血管
不问秋色

与白狐

遇到狐不是第一次
遇到林中白狐是第一次
白狐
没有想象中妖气
而茸白面孔上
又黑又弯似柳叶的媚眼
始终在笑
对我笑
对男人笑

对女人笑
见到她
很快会爱上她

与王家大院

王家祖上
靠一间豆腐坊
在祖宗的山脚下建一座庭院
王家的后人
建起更多的院落
这些庭院被街道连起来
被砖墙围起来
王家大院

墙砖是祖宗的
椽是祖宗的
屋顶的瓦是祖宗的
院子里的树是祖宗的
往来的梦
也是祖宗的

与资寿寺

当年的山门不严
十八罗汉在三大士殿熟睡时
头像遭劫
罗汉们失魂的泥身
夜夜心痛

五年后身首合一
灵气重现
面对往来的俗人
摆出恐吓的样子
愤怒的样子
慈祥的样子
顽皮的样子
不论俗人走到哪个方向
罗汉的眼神都盯紧俗人
像一次次感恩
真不知上界法力无边的佛
是不是泥塑的
保不住自己的脑袋
还要靠我们俗人在人间
帮他们找回颜面
哦玛尼玛尼哄
玛尼玛尼哄

无哲　本名耿宝书，1966年生于山东曹县。山西省作家协会诗歌创作委员会专职委员、运城市诗歌分会主任、运城市作家协会理事。早年创办并主编《世纪风》，在《诗刊》《星星》《诗神》《诗歌报》《诗选刊》《诗潮》《绿风》《山西文学》《黄河》等报刊发表诗歌、小说、散文、评论若干，出版诗集两部。

在王家大院（外一首）

◆ 温建生

我只等待黄昏岑寂的光线
它祥和而且镇定
有一种高于想象的主观之美

我只相信孩子和老人的笑脸
他们侧身而立的一刻
整个世界都屏住了呼吸

我热爱能捕捉光影的镜头如爱我的母亲
它教会我崇拜太阳
并在沧桑世事中闭紧嘴巴睁大眼睛

我迷恋并追逐着大院之中黄昏的倒影
倒影如回音
如病榻之上一个老人轻微的咳嗽
只一阵风吹来就散了

灵石饮酒记

浩荡的秋风都不能将你托举
而酒能，经陨石浸泡的酒更能

仿佛一种通灵的仪式
你饮下一杯杯满斟的白酒
轻易就能与梦中的自己迎面相遇

诗歌太高了，现实太低
酒半悬于空中，这唯一的真理
永远都在触手可及的位置

所谓宿醉，就是在酒醒的清晨
你开始厌倦自己的肉体
它先是羁绊过你飞翔的内心
在红崖山谷，它又借助溪水中飘过的面影
在渐生渐多的皱纹中
流露出对往事深深的忏悔之意

温建生 1968年出生，山西交城人。1990年毕业于山西大学中文系，现居太原。著有诗集《与时光书》《偶然路过我的身体》。

只为遇见（组诗）

◆ 温秀丽

石膏山

我在等。等那朵长了翅膀的云
飞下来。遮盖住我的白发

风吹动草木，闪着绿色的光芒
有的满，有的空
就像站在石膏山上的我
是我也不是我。
只是经过蜿蜒曲折的攀缘
而又瞬间出现
在万物面前，曾经的那个人

南天门

南天门的塔尖上停了一朵七彩云
我看见她的时候
她正好看着我
从近到远，一直到看不见的远方

光芒笼罩着石膏山

她最清楚该安慰谁，又该抱紧谁
不需要太多冗杂的仪式
不出声是舍不得惊扰嬉闹的我们
舍不得惊动山间的风、石涧中的草木
她越是善解人意，越让我暗自伤心

天竺寺

到寺院门前刚喘一口气
我的右手就被一只野蜂蜇了一下
它飞走时我急忙摊开手掌
呼唤它回头。
这是我一厢情愿的做法

一个人低着头，继续走
低于高处的松柏
低于那棵摇晃着的野草
低过俯身即见的影子

在大殿，给菩萨行一下礼
天竺寺的僧人就敲一下钟磬
他眼里只有菩萨，没有我

铁佛寺

及时收住迈出的左脚
大殿里的僧人疑惑地看了我三眼
也说不定，是我多看了他几眼

左手边的罗汉和右手边的罗汉对视着
看我倒退着向后走
每下一级台阶，我就矮一寸
然后身体就向右倾斜几分

还好，铁佛寺的一棵树
扶住了左右摇摆的我
正好是适合的姿势和位置
就像慢慢写下来的句子
不需要重新开始

王家大院

我在一束光里看到了走远的那个人
他曾回头和我打招呼
只是我的苍老是一把锁
从身体里拿走的一部分河流和火焰
无法瞬间返回

拍下远处的亭台
一边前行一边和自己商量
把我仅有的什么留下来
比如光芒，比如温暖
一定要献给来来往往荷担的人

我始终相信
光可以让万物重生
而我的来和去，在此还是在彼
只有我自己惦念

资寿寺

火焰一样的云轻轻滑进山里
那弯白月亮离得有点远
凭它的微光看不清壁画上菩萨们的脸

而我，正好站在一副楹联中间
右边是生，左边是了
我把自己安放进去
左在右边，右在左边

于是决定，在黑夜降临之前
我和那轮白月亮肩并肩
举起光。照在需要它们的地方

只为遇见

也是黄昏。我和一块有灵气的石头
坐了一会儿。等着他开口说话
等他递给我一壶土酒
和着清风对酌

喝下的第一滴酒是天空
第二滴是大地
第三滴是行走的河流
剩余的是风和雨，我和他将一饮而尽

沿途的花朵和火焰都埋在了水里

涅槃的铁和一条河擦出来的光
在灵石。在鸟鸣和山林之间
从陨石到铁，从火到水，从天空到大地
他只不过换了个地方

就像在他身边沉醉的我孤独着
有一天也会把孤独放在别处
深深地爱，深深地疼

温秀丽 女，笔名温暖。中国散文诗研究会会员，山西省作协会员，朔州市朔城区作协副主席。从事编辑工作。获奖不少，作品多见于《诗刊》《星星》《诗潮》《诗选刊》《绿风》《诗歌月刊》等。著有诗集《只如初见》《长川寄情》，三人诗歌合集《素心诗笺》。

灵石行走（组诗）

◆　姚江平

石膏山

秋天到了，石膏山又以豪华的阵容
恣意地奢侈了一把
让我这个对山水敏感对色彩过敏的诗人
尽情地放纵了
一下又一下
指尖不自觉溜出一行行的诗句
浸淫了密林深处的
众多潜伏者

一山的树都侧目一片红叶的骄矜
雾和风嬉戏着
互相以片状线性
你来我去地
邀功
争宠

我的短暂停留
和天空飞过的一只鹰近似

在红崖峡谷

对景色的过分挑剔和认真审视是我的警惕
对一个个所谓景区
过度开发留下的
残疾人般的后遗症
我是嗤之以鼻不屑一顾的
甚至还为山中的树木和石头叫屈鸣冤

在红崖峡谷我没有守住自己的矜持
我一次次被爱情谷的山涧水
打湿
我一回回被山中的小路
俘虏
我一点点被小小的一个个的细节
瞄准

我的一首诗穿越红崖峡谷
在沥沥秋雨里一节节攀高

索　道

索道把我托举上云端的时候
世界安静了下来
目光被身下的事物
牵引
林间的小动物
此刻也仰起脑袋

顶礼膜拜我这个在天上飞过的大人物
一缕风从我的身边悄悄溜过
早我一步到达山顶

谁?

在桦树林里跑动，红枫叶上嬉闹的是
谁

把雾作为布景的原料，随意游戏乔木灌木山峦河流的是
谁

伴随着一只小松鼠跳上蹿下，与一只野兔一同竖起耳朵
　倾听外来声音的是
谁

谁呢
肯定不是空穴来风

牛角鞍

风挡不住我
雾挡不住我
云挡不住我
雨挡不住我
我，和一群人
一步一步地走上了这座山的最高处
——牛角鞍

山顶上有一块石头
刻着它的准确高度
——2566.66
同行的导游煞有其事地告诉我们
这是国家测绘局数据库里的数字
我绕着这块标志高度的石头转了一圈
此刻，我似乎十分理解它的孤独

爱着的——

看着秋天里的事物
我的激动和感动自不待说
那些端坐在大地上的树木
都有了充盈的丰满
色彩的斑斓相互拥抱
一片叶子的承载让我泪流满面

不要说登高望远
也不必寻寻觅觅
一切的一切，都在眼前呈现
所有的所有，都在心里烙印
我且把心儿放逐

在秋天，无论走到哪里
与一些事物的邂逅
都是我的期许，也是我深深爱着的

姚江平 1966年2月出生，山西黎城人。中国作家协会会员，山西省作家协会全委会委员，山西省作家协会诗歌专业委员会副主任。1983年开始诗歌创作，已出版诗集《夜的边缘有一棵树》《必须像一个人》《这些草》。作品被选入《中国最佳诗歌》《最受中学生喜爱的100首诗歌》等三十多种诗歌选本。曾获“第二届赵树理文学奖”“《十月》优秀诗歌奖”“中国首届诗经奖”“黄河诗歌奖”等。曾参加诗刊社在南疆举办的第21届青春诗会，应邀参加了第一、二、四届“青海湖国际诗歌节”。鲁迅文学院第三十一届高研班学员。

汉字灵石（外二首）

◆ 姚宏伟

宇宙深处到底发生了什么
搭上了行星
再转乘流星，直到落拓成陨石
徒步跋涉光年

在滚滚星尘中
寻找这个蓝色地球
这块文明热土
像是寻找大爆炸中失散的亲人

带着天火，以宇宙速度
压下来的一刻
石膏山跳起了岩石的舞蹈
汾水沸腾了

天授印信，立地为标
只为命名这方水土
给人文的历史和未来赐下名分
天意不文，汉字灵石

叶红石膏山

寒露一到，霍山一带就红了
最为热烈的一派
是石膏山的黄栌

唇形叶子，燃烧着举在空中
好像感恩的草木
献给阳光雨露的亲吻

秋天深处的石膏山
因为这些吻痕温暖了许多
一种感动显得盛大而辽阔

溪流的密友，秋风的情侣
他们将结伴回归故土
看望一下自己的老根

今生约或不约，它们都会
乘坐新的年轮再次赶回枝头
红红地等你

钟　泉

铁质莲花汩汩绽放
山泉泛着铁的涟漪
那是一口向下修行的铁钟
倒系在石膏山一条水脉上

草木修来的福泽
动物膜拜的圣地
可以看见能够触摸，水质钟声
护佑着山色的翠和云岚的白

什么缘分才有今日的相遇
仅仅喝上一口，红尘中
这些匆匆过客
心甘情愿度化成了石膏山人

姚宏伟　山西太谷县人。中国诗歌学会会员，山西省作家协会会员。著诗集《内心的江湖》。2009年起有诗歌、诗歌评论见于《诗刊》《解放军报》《农家书屋》《诗选刊》《诗林》《中国诗歌》《诗潮》《诗歌月刊》等国内多家专业诗歌杂志，曾获得国内诗歌奖若干，有作品入选多个诗歌选本。

在红崖峡谷（外二首）

◆ 杨丕梁

或许，前世我也是一块石头吧
见到这么多的嶙峋、陡峭，和巉岩
我的眼里不由就溢出了眼泪

或许，我曾是一株草，一棵崖柏
是虞美人花的同类
站在海拔近 2600 米高的牛角鞍

我才会如此莫名地激动，心跳加速
面颊潮红。我才会担心
在人世间的诸般遭际、难堪，和窘困
一眼就被这些亿万年前走失的亲人窥破

我与这里的一切皆是有缘的。此刻
才会天高云阔，物我相宜

我与这里的一切皆是有缘的。此刻
才会无阴霾，无风雨，无任何的节外生枝
才会在世界的浓妆艳抹中，遇见那只不施粉黛的白狐

在灵石摸一块陨石

当朋友说它是一块
从天上偷跑到人间的时光碎片时
我前面还挤着一堆各地到此采风的诗人
说它在此偷窥人间繁华已有 1400 余年时
那些里三层外三层的诗人还未散去
当好奇的人们终于离开
我赶紧
朝这块面色苍苍的家伙紧走几步
摸了摸
它身上落满的时光和邈远的草木之声

在红崖峡谷与秋天站在一起

如此蓝天
如此白云
如此辽远　高妙　深邃

如此危崖
如此峡谷
如此幽深　陡峭　奇诡

一簇簇　一丛丛
那些漫山遍野恣意上演的盛典
在秋日的煦暖里
随嘤嘤嗡嗡的蜂蝶一起摇曳多姿
让我惊诧的

不是眼前涌动着的万山红遍
而是在万山红遍的草木间
在低于喧哗的浓荫里
不时有几只笨拙的山鸡
“扑棱棱”从人们的眼前飞起

杨丕梁 山西太谷人，毕业于晋中师专中文系、北京师范大学中文系。山西省作家协会会员，晋中市作家协会副主席，晋中市诗歌协会常务副会长。作品入选多种选本。著有诗集《飞翔的叶子》《红马》《杨丕梁诗歌精选》，报告文学集《时代潮》，散文集《心弦上的眺望》等。

再到灵石（组诗）

◆ 荫丽娟

红崖顶

我竟不能混迹在一片苔草中
看一看，人间的天光淡影
秋风肃杀。
我竟不能跳出生活的尴尬境地
用心享用自然赐予的一场盛宴。
牛角鞍 2566 米的高度
不胜寒。
雨夹着雪下来，绵绵无尽——
鱼目混杂的心念对我来说是常有的事情。
内心积攒的雨水，随我一路攀援上来
在草尖停留，汇集成海
云在低处浮动，海一样幽深而辽阔。
那些堆砌的松针，是生命琐碎的细节么？
它们在我来时路和去时路上
裹着与世界一样的灰色尘土。

爱始终安放在内心的一道山谷中

我写过的溪流，木屋和黑松林依旧活着

我是说，我的爱依旧活着。

我们都需要爱。并且这些爱始终安放在内心
一道隐秘的山谷中。

就像鸟鸣，就像秋天的五角枫燃起的火焰
就像巨石上长出青苔，绿得让人发慌。

我不知道，那些藤蔓缠绕，根须裸露的细碎光阴
怎样地触碰我，刺痛我，召唤我。

一切都有旧日的影子。
我重新回到旧日的爱恋中。

长发及腰，沿着你的名字，我的名字
一路向上。走入被前人演绎过的，爱的残局。

在灵石遇到一座寺庙的名字

在灵石遇到一座寺庙的名字
我是羞愧的。

这些年，进庙拜佛
眼里浮动着俗世的尘土。
我学着那些善男信女，烟火缭绕间
合十双手
先拜东方，再拜向西方。

我用左手点香，右手却伸出来索要。

殿前的一点梵音如木质隔扇
漏下的光芒
我视而不见。

在灵石遇到一座寺庙的名字
我只在远处想象
诸神的模样。
我的身体里有一个臃肿的秋天
内心有一片看不见的欲念之湖。

再到石膏山

再到石膏山，有了故乡的感觉
一草一木皆亲人。
不用俯身攀爬三千石阶
不用站在南天门，君临天下
人间的俯仰太多，壁立如刀的山峰太多。
那个护林人手指的地方我是去不了的
我只能听从命的旨意，选择一条
归途。
夏日刺眼的炫光已在枝头破碎
也许只有中年才配得上
这秋天的柔美
配得上整座山的富有和发了疯也要变红的树叶。

半　山

车到半山停下来。
我套了一件雨披，走下车

无数台阶在雨雾中突然抬起自身的高度。
一步一步，我仿佛在生活的阶梯上
艰难攀行。
还好，同行者回身拉我一把
我说：不行了！
天空伸手可及。那些冰雨还未完全坠下
就飞身成雪。
是的，我就是一朵永远找不到春天的雪花
扑打，旋转，前倾着身子
向高处。那里有我永恒的归宿。

荫丽娟　女，70后，会计师。中国诗歌学会会员，山西省作家协会会员，太原市作家协会会员，太原诗词学会理事。有作品入选《2015中国诗歌年选》等。曾获星星诗刊社举办的“大刀狠狠向鬼子头上砍去”纪念抗战胜利70周年诗歌大赛三等奖等多种奖项。出版诗集《那年那雪》。

灵石行（组诗）

◆ 悦 芳

登石膏山有感

喧嚣远去。生活已留在那一边
上山，下山，自在如鸟鸣
风中的事物飞扬
一切隐含的渐渐裸露出来
陆续丢掉一些汗水、忧郁，和孤独
我们深陷自身的日子实在太久
假如还有什么是我不能背负
也把它丢在风中

卸下内心的翅膀，和高处的闪电
置身于群山怀抱之中
陷入辽阔，陷入爱
假如还有一座山可以深深眷恋
我相信，一定有一些特别的事情
等着与我相遇
那些一生无法到达之地，我必须
依然深信不疑

走进王家大院

在时间的缝隙里，我向你走来
我们相遇在一个尴尬的时代
这么些年，我在庸常的日子里苦苦挣扎
而你却在历史的深处沉默不语

我和所有的草民一样，一如既往
半个下午，我坐在最高的城墙上
看，世代繁华几经起落
听，风从田野阵阵刮过

一些人就要返回，另一些人
还在不断赶来
来来往往，谁不是其中的一个过客
谁的眼睛深处，不曾刮过浩瀚的事物

来到资寿寺

来到资寿寺，已近黄昏
那种隐秘的力量
诱使我一步步走向深处

原谅我不能说出缘由
接触到沉默的事物，心怀悲悯
而咬住了嘴唇

面对古老的黄昏。把命里的痛、星辉下

藏匿着的梦，以诗歌的语言
在夜晚默诵成文
在内心，缓缓地，修筑天梯

在红崖谷遇到红桦林

行走至此，已找不到更贴切的词语
整座山都在暗香浮动，包括我
请原谅我的恍惚。很多秘密
散向路过的途中
我认得，这深藏在夺眶而出的泪水里的灵魂
红桦树，你经历了人世间最大的伤痛
我知道，终有一天，我会穿过重重阻碍
来到这里，发出尖利而透明的
呼喊。我们不谈隔世的记忆和美好的传说
也不把光阴，说成远去的从前
即使此刻我们像石头一样对望
沉默，一个眼神就足以风生水起

登上牛角鞍

与那个狐一样的女子携手
一步，一步，登上牛角鞍
一伸手就能触摸到苍穹

天空蓝得令人心颤。草叶上的
影子和诡秘
是我读过的书，和她的相思

她是那体内暗自行走的人
我惊讶于她对美的执着
所有的来访均已太迟

她种出玫瑰、星空、誓言
以及无名指上的皇冠
灵魂走了，爱情还死不瞑目

悦芳 女。山西高平人，现居太原。中国诗歌学会会员，山西省作家协会会员，山西文学院签约作家。出版诗集《虚掩的门》。

牛角鞍（外一首）

◆ 郁 芳

原来，高处可以让人更加脚踏实地——
站在太岳山的最高峰
不眩晕，不飘忽。
仔细看牛角鞍
像我见过的任意一片高山草甸
风吹，草低，辽阔，平静……
那些一次次做跳跃腾飞状的年轻女诗人
暂时拥有了鹰一般的高度和姿势
我相信，她们一定看到了
更加旖旎的景致。
我坐在草地上，和草一样低
想一些草木般的心思。
天地在远处连在一起，我看不到更多的事物
但我相信，一定有什么
在那里
诱惑着我。

情人谷

这里的榆树
都是开了窍的
这里的藤蔓，都是它们的情人。

这里，一株古藤和一棵榆树
正在小径的上空
拥抱成一颗心的样子……
秋天也无法改变它们青葱的模样
如同遥远的初恋时光
如同它们拥抱着的
宽阔而不会苍老的岁月……
走进这道心门，把一颗迟滞
却依然充满爱意的心
放到它们心里——
心与心相印，爱被爱拥抱……
有这样的一次，此生……足矣。
如果可以，来生
我就做一棵情人谷的榆树
根扎在溪水边
洗尽铅华，返璞归真
与藤蔓谈情说爱
与山水称兄道弟
与岁月握手……言和。

郁芳　女，1958年出生。中国诗歌学会会员，中国国土资源作家协会会员，山西省作家协会会员。光线诗社社员、红门书院写作营成员、澳华诗词协会雨轩诗社社员。现居山西太原。著有诗歌散文集《雨烟轻飏》。

灵石诗札

◆ 燕小小

一

这是我第三次来灵石
前两次，都与雨水有关
雨中的石膏山，雨中的红崖峡谷
都有尘埃尽去的脱俗样子。

二

清晨，上山。
把我带向高处的缆车
还是去年的模样
只是换了乘坐的人。今日之我
已经不是昨日之我
如果，时光可以倒流
就好了，头顶的白云
可以当成我的心，就好了。

三

这些沉默的石阶
心甘情愿地守着一座山。

高不言，低也不语。
多么惭愧啊，我给自己起名小小
有小情绪
有小脾气
一个小女子，我总想爱恨分明。

四

舍身崖的红墙
与众多的红叶殊途同归。
我不止一次在悬崖边探出身子
对身下的深渊
生出敬畏之心。
作为女儿，作为母亲
我从来不敢轻言生死
不敢对着悬崖，许下舍身的诺言。

五

三顾白衣洞
将同样的祈求，重复三遍。
神啊，请原谅我的啰嗦
请原谅我，一次又一次向你索取止疼的药方
一滴泪水，无数次光顾我的脸庞
被疼痛紧扣的心扉，除了向你一一道出
我再没有任何打开的方式。

六

天竺寺的经幡是红的
我的衣服是红的
我的鞋子也是红的。
我第一次大胆地动用“红颜”一词
想你——
如果不是落日来临
我都不敢偷偷脸红。

七

浪花在流水之上
落叶在千层岩之下
万物，都有不食人间烟火的样子。
一株不善言辞的红桦
一条流淌着爱情的林秀溪
我羡慕他们，生在美中
活在美中。而我只是一个美的过客
我的一生，只是被美命名过的一生。

八

同是天涯沦落人
遇见白狐，我的心“怦”的一下有了回声。
我来自原平的朝霞峪
她来自灵石的牛角鞍
仿佛，今生认出了前生

仿佛每一株落叶松，都是我们
失散的亲人。
多么值得安慰的一日
借着，亚高原草甸的辽阔
我们彼此交出，内心的孤寂
命运里一波三折的忧伤。

九

一块陨石掉在了地上
——灵石，一生二，二生三
那么多的美，像雨点一样
落地，就捡不起来。
落在我的心上
就长成了故人的模样。

燕小小　女，原名赵艳丽，1974年生，山西原平人。系中国诗歌学会会员，山西省作家协会会员，鲁迅文学院山西中青年作家高级研修班学员，红门书院写作营成员。有作品入选《山西文学2015年度作品选》《安徽2016诗歌年选》《齐鲁文学年选》等。

灵石写意（组诗）

◆　赵少琳

石膏山上的红叶

像刚刚收到
一封热带的来信
像满脸羞怯而节日般地
站在向阳的坡上
目光里　有糖分
也有一些涌动的熔岩

或者　你也特别像
山里人迎亲的队伍
簇拥着新娘
要从这一道道拥挤的山梁
翻越到另一处
被抬高的唢呐声照耀的地方

当然　在这唢呐声的背后
还有　一个铆足了劲的汉子
一个红通通的铁匠
他要把女儿所有的嫁妆
在这彤红的炉温里

不停地淬火

此刻　我还想
如果把石膏山上的红叶
比喻得再凝练一些的话
我愿意把她想成是
一处处发芽的太阳　发芽的彩虹
冉冉地　在灌木丛里
露着湿润的嘴唇　带着醒来的金色

是的　石膏山上的红叶
在这纯棉的九月里
已经怀揣了一位鼓手和少女的冲动

资寿寺

是佛陀栽种在这里的一棵丁香
资寿寺　佛经一样
静谧红色的院墙内
祥云环绕着纯洁的花纹
远离和沉淀了尘世的叫声
院内　那刻在柱子上的文字
需要我们用一生去追赶　纷繁中
而十八罗汉的威严
在不停地修改着我们的内心
修改着我们的前额
使我们的脚步迈得更大了一些
是的　资寿寺的门槛是宽敞的
那里种植着无边的花朵

阳光下　人们在花朵和怀想里穿行
像围绕着香火
使我们的目光如一节节的甘蔗
在资寿寺　在资寿寺的胸怀里
前倾中　我沉迷于自己平凡的个子
长高了一些　学会了站立
从此　让我放下了在尘世里
失色和抬起的双手
仿佛也听到了　资寿寺的钟声里
正有一群孩子在朗诵着星辰　朝霞和日出

在红崖峡谷

行走于这蜿蜒的山里
头顶只有一线天写下的一横　远处
喘息和喧嚣的绿色却毫不停顿
毫不慌乱
它们要集体到达那向往的山顶
陡峭的峰顶
有陡峭的阳光在小心地移动
忽明忽暗的光线
在浇灌着红崖峡谷中摇曳的树木
枝头　那鸟儿一样的叶子
踮着脚尖
被风一吹　就会热闹地
在仰望者的头顶上来回地舞蹈
而脚下　有些模糊的崖底
总能够听到一条溪流
急匆匆地发出布谷的鸣叫

黄昏中　一块怀揣了一枝玫瑰的石头
在一个路口伫立着　伫立着
略显了一个人的疲惫和憔悴　我知道
他已经在这里等待的有些年了　因而
他会让来到这里的人们　低下头来
不再迷离　这是在锁情阁
红崖峡谷的路上　相遇中
让我和被我握紧的人　仿佛
又一次站在了屋顶和有灯的地方

赵少琳　1960年6月生于山西太原。现为《都市》文学月刊副主编，太原市作家协会副主席。著有诗集《在力的前沿》《弧线》《红棉布》《赵少琳诗歌精选》及散文随笔集《蜂鸟的段落》，作品入选《中国诗歌精选》《中国新诗白皮书》《中国先锋诗人作品选》《中国后现代主义诗选》等一百多个诗歌选本；获政府、报刊及民间诗歌奖等三十余项；主编《2000年中国最佳抒情诗》、民间选本《沸点》等。

红崖峡谷中的锁情阁（外一首）

◆ 赵玉香

步入这蜿蜒峭壁的山峰
隐藏着你一线天的秘境
枝叶繁茂的绿色把山峦环绕
阳光被陡峭的峰顶悄悄地移动
忽明忽暗的光线
映衬着红崖峡谷上摇曳的树木
在仰望者头顶舞蹈
曲静幽古的崖底
贯穿着千年泉水涌动的脉搏
急匆匆地行走
石头与石头之间相邻的花园
在这里锁定了时空的过往
把美丽　仙境与人们的喜悦
穿越到原始的回归
望着与爱人在锁情阁前的留影
此刻　美好的感念
浓缩着我人生的梦境
让我年轻的影子　在这里定格
举头望着阶梯树上缠绵的紫藤
见证了人间爱情的真挚
在这千年峡谷的锁情阁重逢

资寿寺

你是佛陀赐福一方庶民的甘露
静谧红色的墙院内
盛满了乾坤普照的祥云
远离了尘世喧嚣　缭绕的烟雾
刻在柱子上的经文
需要我们生世用心去体悟
十八罗汉的复活
送给了人间福泽和吉祥
明心见性的文字
又有何人能参透它的意境
世间的浮云　追赶者人生的步履
浮躁不安的世态　在人们心中游离
佛前叩头烧香礼拜
却找不到内心的自我
清净心的无我
是佛祖的真言与博爱
在资寿寺的福地
我感受到了　清净祥和　不为物欲　没有情牵
而洋溢的天籁之音

赵玉香　女，笔名明净，曾有散文、诗歌获奖，并在报刊、媒体发表，平时喜读哲理与启发性的文章，写些小诗和散文之类的习作。

灵石，再次遇见（组诗）

◆ 赵建雄

遇见灵石

秋天一分为二。今夜
万物清凉，我又看见你的尊容

一千四百多年风吹电闪
你铁石弥坚，更加色苍声铮

你像我一样喜欢独居。我们
只是喜欢故乡的宁静

我们的故乡，渐行渐远
像秋月，镶嵌在一滴露珠深处

你从来不曾向世人倾诉苦难
正如我乐于无言，听从于命运

在你身边坐下来，我只花两秒钟
光阴，拍下一张清凉的合影

久违的，永远是岁月的疼痛
远处的山水，赐我谨小慎微的余生

遇见白狐

也许，真的是命运垂怜
草木萧瑟，还在昨夜的梦里
纠缠。走向牛角鞍的路上
在一群诗人的惊呼声中
林中，一只白狐闪现

诗人是有灵性的。如白狐
谁也没有必要把相遇
固定成诺言。五百年轻轻一笔
我们来过，我们见过
正如身边轻轻而过的白衣女子
曾经摆过的渡口已经遥远

万物归于沉寂。我盘腿而坐
在通往太岳最高峰的木梯上
也想请你坐下来。我们心无旁骛
双手合十，白云为凭，蓝天作证
虔诚地描述前世的深深浅浅

我们又不谈过去，只论今生
你说，这千亩草甸是你的
你要种下五百亩花草，五百亩阳光
我说，这牛角鞍是我的
我要盖起五百间草棚，五百间书房
我们说，等到春暖花开满屋芬芳

其实，我们要的
只不过是尘世的一张证明
有生之年，把记忆熬成白纸
当花草、树木、流水、白云——
冷落成繁华夜宴，你就是
一只有灵性的白狐，而我成雪

遇见两只狗

进入资寿寺，天色已经暗下来
佛灯闪闪。我内心光芒万丈
青青的石阶前小草葳蕤
菩提树摇动着金黄的叶子
鼓楼上，风声隐隐作响

一个十几岁的小沙弥，坐在
寺院的角落里，沉默如钟
他身边的两只狗。一只蹲着
一只卧着，像是两大护法金刚
千年青灯把狗的眼睛打射出绿光

我轻轻走过去，一声阿弥陀佛
听见一万个灵魂在忏悔着孤寂
在佛的预言里，世界有太多的诱惑
仿佛触手可及。两只狗镇定自若
慢慢远离我满身的酒肉气息

遇见爱情谷

在红崖峡谷，一只蝴蝶
牵着一条河流，左右舞动
经桃花坡，到桃花亭
遇见爱情谷。足以遮天的浮翠
将红尘中的埃粒慢慢卸下
前面是石门、石佛、大佛沟
有你在身边，天空轻盈
这幽谷的阳光，足以安放
世俗眼光中莽撞的忧伤

佛说：爱情是一种遇见
遇见是一种缘分。是百年以后
一朵花开的时间
来是偶然的，走是必然的
我们不问因果，不计得失
在这千年的五彩石板上
伸开手掌，短暂停留
把自己交给从容的流水
爱情，便是一场宿命

赵建雄 山西汾阳人。中国诗歌学会会员，山西省作家协会会员，汾阳市作家协会常务副主席、汾阳诗歌协会常务副主席。鲁迅文学院山西中青年作家高级研修班学员。任《杏花村》《杏花雨》执行主编，《汾州茶文化》主编。

牛角鞍下（外三首）

◆ 赵 静

牛角鞍下，一条白狐
宛若一道雪光
看见它的人，一回首
便可见来时路
而被它看见的人，则像病遇上了药
药一到病就除
那道雪光，若药引子
引着江水和人群
在岔路口，在拐弯处，在界碑旁
——分别

苏溪寺，一条老去的狗

黄昏的苏溪寺
蜻蜓飞过了草垛
一条在苏溪寺老去的狗，像
薄暮一样平静

僧人们，日复一日
吃饭，穿衣，诵经，撞钟
膝盖和额头，一次次叩地
仿佛一生可以只爱一座庙

那条老去的狗，它知道
庙里的泥土和青苔从不自我痴迷
它知道
那只飞过寺庙头顶的蝙蝠，神色安详
它知道
贪嗔痴是毒，戒定慧是药
它知道
苏溪寺是人心里的最后一盏灯
它慢慢地走路，每一厘脚印
都像是
写在佛教典籍上的蝇头小楷

介子推

那一日，大雁南飞，黄花满地
他背着老母，隐没于山林
仿佛，看清了世事的真相
之后，他再也没有说过什么话
就好像，沉默自有沉默的道德

替他开口的，是一场
尺寸不详的大火
他和母亲，则像是一把历史的干柴
被忘记，被记起，被灼烧，被证明
而那个名叫寒食的节日，是唯一
从这滚滚浓烟中逃出来的伤口
它无火、冷清、寂寞……

林秀溪

芨芨草，碎石头，小黄花，一起
穿过了林秀溪
水清如碧，养育着千层岩，爱情谷
半坡上，林木平静
天空的一些蓝，被白云卸下来
运往远方

我甘愿就此停下来，幡然醒悟
甘愿被流水借用，化为
九月的泡沫
甘愿松开时间的绳索，让身体里
长出翠色的羽毛

赵静　女，山西省平遥县岳壁二中语文老师，平遥县翰正女子诗社副社长，山西省作家协会会员，在省市级报纸杂志发表作品若干，2017年出版散文集《云淡风轻》。

写给红崖峡谷（外一首）

◆ 赵丽红

掠过头顶的白云，阳光坦诚得像个孩子
把金色的颗粒洒满山谷
请允许我脚步缓慢，接受秋风的抚摸
就像雏菊，保持最初的静谧和安详
我迷恋你汩汩的溪水，和它倒映的群山
此刻，我只能把你的巍峨，用一首诗安放

这尘世，不知道有多少难以预测的事物
在回眸时，在刹那间
只有你不恐于时光，无惧风雨
让我继续做个跋涉者吧，向冬天前行
向这些横长在崖壁上的树木致敬
向突然而至的白狐，以及
这些不断用心歌唱生活的诗人们致敬

请允许我一步一个脚印
不为名利驱赶，向你最高处攀登
人到中年，我依旧那么迟钝、愚笨
如果把牛角鞍的高峰比作钓饵
我就做一缕风，做辽阔山脉中的一抹草
为四季梳妆打扮，涂脂抹粉
并在山顶紧紧拥抱，拥抱一块属于自己的蓝天

民间的皇宫

当我走进王家大院
时间开始后退
我从这个院到另一个院
石阶比梦还长
倚偎绣楼，琴声时远时近

这些来来往往的人
裙裾飞扬
或许她们中，你就是那个笑如春风
轻移三寸金莲，缓缓而过
让时光一寸一寸暗下去的少妇

还有他们，曾经的主人
把所有的日子捧送给神明
直到一声：卖豆腐喽！越过时空
从小巷的深处迎面而来

赵丽红 女，山西省灵石县作协会员，晋中诗歌协会会员。爱好散文特别是诗歌。有作品发表于《梨花》《晋中日报》《汾河》等报刊。

灵石行（组诗）

◆ 周广学

在石膏山

石膏山
上岩中岩下岩
各岩皆生溶洞
洞中皆藏寺

佛和菩萨和罗汉
住在寺里面

山崖边
小路和石阶
上攀下折
蜿蜿蜒蜒
将寺与寺相连

走在小路上
满山都睁着绿叶羡慕的眼
空气筛了一遍又一遍

踏在石阶上

我的脚步敲着鼓点
——前面又是一座
色彩斑斓的寺院

爱情谷

树荫掩映着溪流
溪流冲刷着石头
这就是爱情的所在了吧?

不是的!
还必须把这些放在幽谷里

——浪漫再进一步是温馨
温馨再进一步是幽邃
幽邃再进一步是

以沉陷抵抗沉沦
以弯曲而成天地

王家大院十四行

在王家大院
你被浸在它的波涛里

它的一座座城堡
和堡内一座座小院
布列越是有序
元素越是众多

你越被冲击

它的窑上楼它的家训
它的木雕砖雕石雕
都收纳了往日的雷电
含有你抵挡不住的威力

你俯首，仰面，探头，后顾
你扶住栏杆斜倚照壁
你因被控制而欢喜

红崖峡谷

幽，秀，奇，雄
这几个字我将它们装在口袋里好吗？
这样我就把红崖峡谷带回家了

游灵石山水

与其说我以膝盖里的积液
去对抗灵石那一级一级抬高的山路
毋宁说灵石给了我两扇翅膀
左边那扇叫碧树，右边那扇叫绿水
它们沿着山坡铺展，折叠
沿着沟壑旋转，腾挪

以至于鸟儿向我鸣唳
林间跑过洁白的狐
风从耳边温柔地掠过

万物恬淡的呼吸
轻轻携带着我

我爱什么，什么就爱我
当我抵达太岳最高峰
那块标志性的巨石
和它脚下的苍茫草甸
齐声对我歌吟：
“一切都乐于让你超过
人世间，哪还有筋骨在撕扯”

周广学 女，山西屯留人，现居山西晋城。系山西省作家协会会员，中国诗歌学会会员，晋城市作家协会副主席。诗歌见于《诗刊》《诗歌月刊》《诗选刊》《诗探索》《中国诗人》等全国各地报刊，入选《中国年度诗歌》《21世纪中国文学大系·诗歌卷》《山西文学年度作品选·诗歌卷》等多种年度选本和其他诗歌选集。曾获多种诗歌奖项。出版有诗集《含泪的花期》《周广学诗歌精选》《零的抑扬顿挫》。

初遇灵石

◆ 周平茹

我努力用一首诗来描绘你
诗的意境　诗的空灵
超逸于叠翠青山悠悠白云

绞尽脑汁
我始终找不到一个恰当的词
你站那里　你坐那里
皆是优美的诗行

我不能写下任何一个字
因为无论哪个字都是对你的亵渎

我踏进夕阳
即踏进了你的怀抱

山间小调从你鲜红的唇间流泻
泉水在你洁白的齿间喷涌

我不能呼吸
我不能转动眼球

因为丝毫举动都是对你的噪音

周平茹 女，又名周广知。长治市作家协会会员。有散文、随笔、诗歌若干见于报刊。

行走灵石（组诗）

◆ 周旺斌

过资寿寺

暮色又一次铺满狭长的甬道
那半明半昧的光，多像这五行三界

僧人敲响木鱼
游人击了几下暮鼓

声声木鱼，惊不醒利欲了的熏心
行行经文，写不尽是非大觉

盗割的十八罗汉头，辗转海外
终于归来

原来，佛纵有浩大的慈悲
也有拯救不了自己的时候

爱情谷

溪水柔顺在红崖大峡谷
曲折幽深的爱情谷里，树藤缠绕

红松、白桦、椴树、云杉以及所有的植物
都在这里涂抹着爱情的光芒

不择高低，不问贵贱
根在黑暗中缠绵，枝条、树叶却在蓝天里
十指相扣
风过处，正窃窃低语
它们不远不近的距离，伸手相拥
光过处，不分彼此
相互穿透

有爱，就尽情爱吧
再次回眸谷口那相貌无奇的陋石
好一出石头记啊
“情”字在身，有“爱”光临
美好在那里一遍又一遍发生

天竺寺

踏着石阶从舍身崖的云中下来
“行人迷去路，云中现楼台”

山门入口是极窄的
人们拥挤着，往里走

有人进庙低头祭拜
祈祷来生
有人蹲在庙前碑林
辨识往事

而我猛一抬头
望见了悬崖上那团熏黑的人间烟火

周旺斌　笔名周郎、周周，1981年12月生于山西省祁县峪口乡“小北京”上庄村。现为中国诗歌学会会员，山西省作家协会会员，山西省诗词学会会员，晋中市作家协会理事，太阳谷诗社成员。现任祁县《丹枫阁》杂志常务副主编。2012年出版散文集《情怀》，获晋中市宣传部“文艺精品奖”。

走近灵石（组诗）

◆ 宗永兵

在石膏山上

九月的石膏山上
红叶还在秋风里赶路
头顶飞过一行南归的大雁
将一声鸣叫落在叶子上

神仙们依洞而居
松涛在料峭里诵着禅经
找一块石头坐下吧
把每一次呼吸尽情舒展

不如就这样隐藏于石膏山内部
把自己修成一枚叶子
可以绿，可以红
也可以在秋风里，凋零

钟　泉

没人知道一口钟
如何倒立在岩石之内

或许，就是刚刚受了惊吓
拔腿就跑的两只兔子扔下的

泥沙浅浅铺了一层
水还是那么清澈
照见我额头叠起的沟壑
于某一个瞬间舒展开来

千百年来，它没有溢出边缘
也没有低于尘埃
只是让自己变成另一口
无声的大钟

天空有云朵掉了下来
又飞到天上
而我像一只兔子，始终不敢
用钟泉之水，清洁一下灰蒙蒙的脸

牛角鞍，遇见白狐

牛角鞍之巅，云朵碎成花瓣
仿佛是为一次相遇盛开。
在人间这么久了
你还是一副怯生生的样子
我伸手，你后退。
山风吹着你的毛发
瑟瑟发抖。
多想坐拥你身边，用一个黄昏
预谋传说中才有的奇缘。

走吧，我带你下山
去爱情谷
在溪水路过的地方有一个山洞
听说那里的爱情不会老。
但这中间我们不谈情，不说爱
除非你修行成人，或者
我幻化成狐，都行
我会和你不分昼夜地相爱。
让你的身体长出藤蔓
爬出山洞
缠绕牛角鞍，舒卷那一年
破碎的白云。

携一颗红豆走进爱情谷

似乎从没有开头
一步下去便踏入一场爱情

流水向下，寻找更大的辽阔
而我携带着一颗红豆之心
仿佛一根藤蔓在攀爬中
反复找寻一个角落

那里一定要有风，不狂
有水，不漫。有光，不毒。
其实这样的地方很多，很多
而我却始终不敢将一颗红豆
埋在此山中

站在爱情谷的高处，再回首
有个人的影子跟了我一路
便有无数红豆落地成兵
只能是宗永兵的兵
或许就在那一瞬间
我才明白
每一场爱情的最深处
都是挂着泪滴的苍茫

瘦瘦夹板沟

天空一再被挤压
红尘在哪里
望不见
只有两岸冰冷的石壁
所有的杂念在这里
消瘦
瘦得不能
再瘦

灵石有一块顽石

灵石从来不缺石头
每一块带金的，带银的
都比不了这块叫作王俊才的顽石
他时常把两手放在二郎腿上
两眼盯着一个点
谋划着一首诗的远方

这块毫无杂质的石头
在夕阳下反弹着霞光
无数的河流从顽石的眼睛里
喷涌而出
这是他举起抛向远方的第二块石头
每一次的抛掷都会有一条弧线
像一颗流星，在天际
擦出短暂，而又永恒的光芒

石头也会生病
一场盛宴在他的体内流过之后
嘶哑是顽石发出的声音
灵石，我们再见
下次的盛宴上
一块顽石依然会动用带着灵气顽劲
在石膏山的巅峰
抛出人间诗意的弧度

宗永兵 生于1979年，山西太谷县人，系“太阳谷诗社”会员。2013年起学习诗歌写作，有诗歌散见于《诗歌月刊》《诗歌周刊》《晋中日报》《乡土文学》等报刊。曾获得晋中市“纪念抗战胜利七十周年征文”三等奖，“太原晋中天星杯2014—2015年度新锐诗人奖”。

大院情思（外一首）

◆ 张玉枝

无须迈步，
抬脚就能穿越。
不必劳神，
伸手便能采撷。

字迹斑驳，
楹联深深镌刻。
飞檐绣阁，
彰显晋商伟业。

人人都能创业，
王氏先贤才是楷模。
抚摸黛瓦灰墙，
回味满满的坎坷。

高高的墙垛，
显露出气派巍峨。
满院古香古色，
让游客
把古人的智慧领略。

南来北往，

络绎不绝。
盘古到今，
有谁探索到
古人成功的秘诀？！

谒介林

高高的
圆圆的
萋草掩映的荒冢。
你静静地
躺了几千年岁月。

人说
忠孝难能两全，
你把孝字选择。
让孝道在华夏传播。

一个传说，
说少了便会慢慢淡漠。
说多了，
便是一个美丽的传说。

没有后代，
却从未断过香火。
如同孔孟，
年年有人拜谒。

我情愿

做一个虔诚的香客，
在尘烟袅袅中，
闭目思索……

张玉枝　女，山西省作家协会会员，灵石县作家协会主席。现任天星集团董事局副主席。本人热心公益事业，为本土文学事业的发展做出积极贡献。

寄情石膏山

◆ 张建新

如果没有游客，我想
这里会更寂静，寂静得只有山中的鸟鸣。
看，白云缭绕下的石膏山
多么静，多么美！宛如
一幅浑然天成的水墨画。
请原谅这些不速之客吧
请允许他们与石膏山的红叶
谈一场没有结局的恋爱吧。
秋深了，时光之河仍在汩汩流淌着
那些闪光的事物必将归于沉寂。
在皴染的群峰中
在血染如霜的红叶脉络里
我仿佛一只忘归的秋蝉
禅定在，石膏山的高远天空里。

张建新 网名岁月有痕，1971 年生，祖籍河北阳原，现居山西原平。系中国诗歌学会会员，山西省作家协会会员，红门书院写作营成员，“晨光文艺社”和“云中文苑”微信平台主编。著有散文随笔集《岁月有痕》。现供职于山西省一家国有煤炭企业党委宣传部。

红崖沟勾走谁的魂（外二首）

◆ 张瑞菊

一进入爱情谷
漂泊的心立即被锁在小木屋
像秋叶在树根慢慢老去

瀑布飞流直下为此欢歌
载着公主的车马辚辚
虞美人披着盛装在崖畔等候

一同到草甸吧，打开心扉
忽略那些过往的喀斯特地貌
去看山的那头云起云舒

风车转动着循环的思念
从此，世界多了一份对狐的牵挂
一次次涉足，不计寒暑

树　语

树，从来不开口
但在红崖大峡谷，我分明
听到他们的呼吸

小树支撑着老树
藤条像肢体
默契地缠绕着爱的彼此
檬椴的叶子红绿相间
平分了秋色
……

我，爱上树语
树，依然不语

秋雨漫过资寿寺

诗可以资寿，德可以资寿
采撷山林野趣可以资寿
放下一段尘缘，云淡风轻
了，只需一笔勾销

秋雨笼罩着这座寺院
十八罗汉从海外归来再续前缘
几位少林僧人在时光中穿梭
一只长寿的狗颠簸着余生

张瑞菊 女，1972年生，山西灵石人。中国诗歌学会会员，晋中市作家协会会员，灵石诗歌学会秘书长，竹林诗社社长，《汾河》副主编。诗文散见于《诗选刊》《延河》《九州诗文》《难老泉声》《晋中日报》《文化晋中》《天涯诗刊》《光线诗刊》等。

我用寂静爱你（组诗）

◆ 张 艳

陨石不语

其实每一次
你都沉默，如初见
每一次，你都退后一千年
看我的繁华，我的落寞

低下头，链接你体内的水声
一阵秋风过后
我对一块石头的情愫，向来无需人懂

天空和大地都不会考据
我也不再那么想要表达

只是一想到你
怀揣着燃烧的秘密
就忍不住想到我，看过星河辽阔
只以寂静，爱过你

红崖叠

在红崖峡谷
可以拣到的形容词很多
高处的天蓝
低处的草黄

我确信此刻
没有比它们，更像亲人的表达

青藤一样的光阴
照亮尘世的幸福
穿过林秀溪的长发
一生所求，都融于两岸
草尖上细碎的光芒

前路尚远
我们举着半青的乡音
把谷底的流水认成
到不了的故乡

大院深深

隔着一扇雕花小窗
望向你
清泉一样的眼

这些年

我很节制地为你使用词语
余生越来越少
我总怕有些话说出来
就被秋风带走

或许需要一场雪
来替我表白
替我穿廊过厅
擦拭你，遗落人间的尘埃

资寿寺的黄昏

香火已被摁进黄昏
天下太平
僧人就着落日织毛线
慈眉善目的狗
逡巡来客

我和一种虚空对望
前尘鸟鸣啁啾
往生殿旁 ，虔诚一拜
求佛，赐我在人间
秋后安康

暮色四合
返回的催促声声
仿佛一切，已功德圆满
我跨出寺门，前脚人间
后脚天堂

张艳 女，笔名云端，山西灵石人，1979年生，左手生活，右手诗歌。没有大格局，只有小情怀，执于清简和干净，写作随心，发表随意，爱诗，无所成，乐在其中。

牛角鞍之秋（外一首）

◆ 张新明

接近峰顶时
我内心所有的虚狂全都安静下来
如夏日纵情的野草，此刻
正低垂着头颅，把辽阔和沉寂还给秋天

被秋风荡涤过的天空
蔚蓝而高远
白云，像放牧在天空的羊群
悠闲地啃食秋天的光芒

我坐在松木做成的栈道上
低头抚摸那些曾经挺拔的生命
它们匍匐在草甸之上
用悲壮的死亡实现了登顶的夙愿

抬头望远，草甸如巨人宽厚的
脊梁
那激荡心旌的辽阔足以安放一个人
内心的孤单

下山时，远处的风力发电机
正在悠然地旋转

一排排巨大的风叶轮如转动着的转经筒
在天宇间焕发出圣洁的光

走不出那场火的寒冷

阳光强烈，你身后的影子
却很寒冷
你的坟冢上，芦花如雪
……

满山的松柏唱着悲歌
你扬起头，凝望着
晋国的土地

多么广袤的土地啊！
为何容不下一个臣子想做庶民的
愿望，为何没有你的栖身之所
十九年颠沛流离
晋国的复国大业是否还有你疼痛的记忆

两千年后
被那场火烧焦的大山依然苍翠
而你却一直困在火里

火一直烧

张新明　笔名大漠孤影，1963年9月生，山西灵石县人。1982年10月入伍，曾服役于新疆马兰89803部队，现为灵石县作家协会理事。

走进红崖峡谷

◆ 张瑞平

让山谷安静下来，让心安静下来
不要让任何声音
将悬挂在崖壁上的回音震落
让牛角鞍高出视野之外
让我低过一粒尘埃。

接近一棵草木，接近一朵野花
遍野的秋色，向我涌来。
曾经歌唱过的黑马
出没在风中
那一声嘶鸣，喷射一腔热血
染红了红崖的胸膛。

太阳升起又落下，我知道
一些故事，已经变成寓言
在风中飘零。而红崖草甸的风骨
以及那只白狐点缀过的丛林
将是我此生遇到的，最美的风景。

张瑞平　女，笔名伊人。山西省散文学会会员，山西省女作家协会会员，晋中市作家协会会员，晋中市诗歌协会会员，晋中中华文促会理事。主要创作散文、诗歌。作品散见于《海外文摘》《散文选刊》《九州诗文》《乡土文学》《娘子关》《山西日报》《语文报》《三晋都市报》《晋中日报》等报刊。

别来无恙（外二首）

◆ 张 琳

一

我们又都老去一岁。
去年的石膏山，漫山秋叶，犹如高原猛虎
去年的我，满目慈悲
仿佛一座疲倦的古寺。

二

我不去，红叶不要红透
我不去，细雨不要淋湿爱情谷。

牛角鞍
最好，会将我的视线抬高一寸
寸心，唯有流云才能安慰

我将坐在荒草丛中，喊对面的大风车
你有电流
我有暖流

人间太深
一个人写诗，就像战壕里的士兵

举着红旗。

三

绵山，于我而言
就是春秋，火烧绵山，已是战国。

一座坟
一座庙

是一册史记，有字的部分
可使眼睛蒙光

无字的部分
足以让心像松果一样，在秋风中微微颤动。

四

王家的大院，已成百家的游园。
时光也懂得了放下

没有带走的
除了高墙，大屋
还有这无法重拾的悲欢离合。

我躲在人群中，是几百年前的那一个
也是几百年后的
那一个。

五

最后说到那块灵石，一块石头
一个地方
一样轻，一样重

轻的，是名
重的，是无以名状的重逢

就像有的人，一生只邂逅一次
就像有的事
从不肯轻易变得模糊。

王家大院行

来者都是客
比如秋光，比如花朵
比如一个老人牵着一个孩子
走在时间的八卦阵中。
可不可以
在这儿，做一秒钟的主人
在绣楼上
望月升起
做一秒钟的杂役，点亮红色的灯笼。
会不会，从这个门进去是童年
从那个门出来已是暮年？
下雨了，无数的雨点
也是游客。

我们走在一起，各怀心事。
一座几百年的深宅大院
落过多少尘土
都被洗得干干净净，仿佛一朵莲花
要找到一位爱莲者。
而我走过了很多地方
从来只是一个游客。
而那些青苔
神态自若，俨然这儿的主人
但它们不姓王
不称王，只是落在青砖碧瓦上
拒绝登堂入室
拒绝在我离开的时候
说声再见。

红叶辞

没有一个人
可以与一片红叶媲美。
除非，将自己的心留在石膏山上
除非那颗心
瞬间变成了红叶——
在深秋，一个人来到深山
怀揣一颗时间的滚石
上山，或者下山
竟有不知起于何处的深情
如秋风
兀自摇动着瘦弱的尘世。
我尚年轻，可以力拔山兮

不茫然
不拔剑，不四顾
一个人
抱紧自己的名字，无所谓
落向哪儿
无所谓，红颜会不会褪色。
我想说的，我能说的
也无非是：张琳来过了灵石
不止一次
站在高处
望着远方
但仍然是不知天高，不知地厚。

张琳 女，现居山西。原平市诗歌学会会长。在《人民文学》《诗刊》《诗选刊》《星星》等发表诗歌作品百余首，出版诗集《纸蝴蝶》《人间这么美》。

遇见最美灵石（代后记）

——灵石县成功举办"第二届山西诗人看灵石"采风活动

诗歌盛宴往往总是从一个字、一句话、一首诗开始。

从呼和浩特市匆匆赶来的内蒙古自治区作协副主席敖勒川老师一进红崖大峡谷，不禁感叹道：这里和桂林一样。

山西省诗歌委员会副主任雷霆老师每到一处，说的都是一个字：美；感慨的都是一句话：来了还想来。他捡到的一首诗有这样的句子：满眼的蓝天 / 像一扇洗心革面的旧窗户 / 拥有了打开的好心情。

"挨着它，我听到天空心跳的声音……我因此彻夜难眠，相见恨晚。"这是《朔州月刊》编辑、诗人宋清芳在"第二届山西诗人看灵石"采风活动中吟出的诗句。

9 月 22 日至 24 日，正是秋分时节，由灵石县委宣传部主办、灵石县旅游开发服务中心和灵石县文联承办的"山西诗人看灵石"采风活动为秋意浓烈、激情似火的灵石点亮诗情，平添几多诗意与浪漫。

天降瑞石，灵动一方。灵石县历史悠久，文化底蕴深厚，有"千年文化之乡"美称。在漫长的历史进程中，正是这样一块人杰地灵的宝地，孕育了藏书大家耿文光，刻书大家杨尚文，被誉为中国"居里夫人"的物理学家何泽慧，法学泰斗张友渔、张彝鼎兄弟，著名版画家力群、牛文，人民作家胡正等一大批先贤大家，成为灵石人民的骄傲和自豪。

灵石同样是一个充满诗意的地方，古往今来，李商隐、傅山等文人骚客或路过，或小居，或长住，留下许多精美诗篇。如今的灵石，人文荟萃，处处景观，可圈可点，可吟可诵。唐代大诗人李商隐在《寒食行次冷泉驿》一诗中有云：“介山当驿秀，汾水绕关斜。”好山好水，一语道出。

为拓宽宣传渠道，创新宣传手段，努力提升景区知名度，助推旅游产业健康快速发展，灵石县于2016年10月举办了首届“山西诗人看灵石”活动，共邀请了张二棍、孔令剑、雷霆、姚江平、韩玉光、陈小素、裴彩芳等60余位山西知名诗人前来采风。采风结束后，大家诗情勃发，创作出300余首诗作。《晋中日报》副刊推出七个专版登载诗人作品，同时被多个诗歌微信平台广为传播。灵石县委宣传部主编了《山西诗人看灵石》诗歌集，成为山西诗歌界2016年的一件大事和盛事，广受瞩目。

为了让“山西诗人看灵石”这一诗歌活动品牌真正做大、做强，成为山西乃至全国的一张耀眼的文化名片，灵石县委宣传部在成功举办首届“山西诗人看灵石”活动的基础上，进一步扩展了参加诗人的地域广度、增加了参加诗人的参与人数，继续举办第二届“山西诗人看灵石”采风活动。短短三天，山西省诗歌委员会秘书长、副主任及各分会主任、副主任，来自太原、忻州、朔州、大同、阳泉、长治、晋城、临汾、运城、吕梁、晋中等市的80位在我省乃至全国知名的实力派诗人，以及《山西日报》《黄河》《都市》《山西诗歌年选》《九州诗文》《当代诗人》《五台山》《朔风月刊》《晋中日报》《太行日报》《朔州晚报》《梨花》《新诗刊》《光线诗刊》《天涯诗刊》《杏花村》《派度诗刊》《太行诗刊》《风》等报刊的主编、副主编、编辑，莅临灵石。著名诗人敕勒川老师作为特邀诗人，也不远千里，参加了盛会。活动期间，诗人们先后到灵石园、博物馆、石膏山、王家大院、资寿寺、介林、红崖峡谷采风。让诗歌与旅游共鸣，让人文和自然共振。

一首好诗可以成就一方胜景，一方胜景就是一首好诗。所到之处，诗人们抚灵石，谒先贤，探古刹，访大院，穿峡谷，登云顶，看雾松，听溪流，观草甸，赏红叶，移步换景，抒情感怀，盛赞灵石人文荟萃，生态优美，诗情画意，蕴含深厚，魅力四射。《九州诗文》《当代诗人》主编毕福堂多次来灵石采风，在他的眼里，春天百花盛开，夏季草甸如毯，秋季红叶似火，冬季冰挂如珠。灵石的每个季节都有独特的美。知名诗人韩玉光先生也是灵石的常客，他说：我为石膏山写了一首最长的诗。太原市诗词学会名誉会长梁志宏动情地说：太原诗词学会一行参加“山西诗人看灵石”采风活动，看到了灵石壮美绮丽的自然人文风光，祝福灵石。

诗歌盛宴刚刚开启，大美灵石已经起航。灵石，这个充满诗意的地方，一定会被更多的人所熟知，所认可，所喜欢。

郝俊力　王俊才